गुमनामी से परे

गुमनामी से परे

पाट्रिक मोदियानो

अनुवाद

मोनिका सिंह

राजपाल

PAP TAGORE

“The Work is published with the support of the Publication Assistance Programmes of the Institut Français”

स्थापित 1912
100 वर्षों की श्रेष्ठ प्रकाशन परम्परा
राजपाल

₹ 185

ISBN : 9789386534644

प्रथम हिन्दी संस्करण : 2018

GUMNAMI SE PARE (Novel) by Patrick Modiano

(Hindi edition of *Du plus loin de l'oubue*)

मुद्रक : जी.एच. प्रिन्ट्स प्रा.लि., दिल्ली

राजपाल एण्ड सन्ज़

1590, मदरसा रोड, कश्मीरी गेट, दिल्ली-110006

फोन : 011-23869812, 23865483, 23867791

e-mail : sales@rajpalpublishing.com

www.rajpalpublishing.com

www.facebook.com/rajpalandsons

पीटर हाँडके के लिए

वह एक औसत कद की लड़की थी और जेरार्र वाँ बीवर, उससे थोड़ा सा छोटा था। हमारी पहली मुलाकात की शाम को, आज से तीस साल पहले की उन सर्दियों में, *के द ला तूरनेल* (तूरनेल घाट) स्थित एक होटल तक मैं उनके साथ गया था और अंततः उनके कमरे तक पहुँच गया था। दो बिस्तर थे, एक दरवाज़े के पास और दूसरा खिड़की के नीचे। उस खिड़की से घाट नहीं दिखता था और मेरे ख़याल से वह खिड़की कमरे के तिकोने हिस्से में बनी हुई थी।

कमरे में मुझे कुछ भी अस्त-व्यस्त नज़र नहीं आया। बिस्तर व्यवस्थित थे। कोई सूटकेस नहीं था। कपड़े नहीं थे। सिर्फ़ एक बड़ी अलार्म घड़ी थी जो पलंग के साथ वाली छोटी मेज़ पर रखी हुई थी। और इस अलार्म घड़ी के बावजूद, लग रहा था मानो वे यहाँ पर चोरी-छुपे रह रहे थे, कुछ इस तरह से कि उनकी मौजूदगी का कोई निशान वहाँ बाकी न छूट जाये। हालाँकि उस पहली शाम को हम कमरे में बस थोड़ी देर के लिए ही रुके थे, सिर्फ़ उन कला पुस्तकों को वहाँ रखने भर के लिए जिन्हें ढोते-ढोते मैं थक गया था, क्योंकि सैंमिशेल चौक स्थित एक किताबों की दुकान पर मैं उन्हें बेचने में नाकामयाब रहा था।

और वह *सैंमिशेल* चौक ही था जहाँ पर ढलती दोपहर में पहली बार, उन्होंने आकर मुझसे बातें की थीं, हमारे चारों ओर लोगों के उस रेले के बीच में जो मेट्रो के मुहाने पर नीचे उतरने के लिए टूट पड़ा था और उन लोगों का भी हुजूम जो उल्टी दिशा में सीढ़ियाँ चढ़ कर ऊपर सड़क तक आ रहा था। उन्होंने मुझसे पूछा था कि आस-पास के इलाके में कोई डाक खाना कहाँ मिल सकेगा। मैं डर गया था कि रास्ता बताने का मेरा ढंग बहुत ऊटपटाँग न हो, क्योंकि एक जगह से दूसरी जगह पहुँचने के लिए सबसे छोटा रास्ता बताना मुझे कभी नहीं आया। इसलिए उन्हें *ओदेयों* के डाक खाना तक ख़ुद ही पहुँचाना बेहतर समझा।

रास्ते में वह एक दुकान पर रुकी थी और वहाँ से उसने तीन डाक टिकट खरीदे थे। जब उसने उन्हें लिफ़ाफ़े पर चिपकाया था तब मुझे उस पर लिखा पता पढ़ने का मौका मिल गया था — मार्योका।

उसने यह चिट्ठी एक पोस्टबॉक्स में सरका दी, बगैर पुख़्ता किये कि यह वही पोस्टबॉक्स था जिस पर लिखा था — परदेश — हवाई डाक। फिर हम *सैंमिशेल* चौक की तरफ़ वापस मुड़ गये थे। मुझे किताबें उठाये देख कर वह परेशान थी क्योंकि किताबें ज़रूर 'भारी' होंगी। फिर उसने जेरार्र वाँ बीवर से रुखाई से कहा था—

'तुम उसकी मदद कर दो ज़रा।'

वह मुझे देखकर मुस्कुराया था और सबसे भारी वाली किताब लेकर अपनी बगल में दबा ली थी।

~

के द ला तूरनेल पर उनके कमरे में, मैंने उन किताबों को पलंग के साथ वाली छोटी मेज़ के पाये के पास रख दिया था, वही वाली मेज़ जिस पर अलार्म घड़ी रखी थी। मुझे उसकी टिक-टिक सुनाई नहीं दे रही थी। घड़ी की सूइयाँ तीन बजा रही थीं। तकिये पर एक दाग़ था। किताबें रखने के लिए झुकने के क्रम में मुझे ईथर की गंध आई थी जो तकिये और बिस्तर के ऊपर तैर रही थी। उसकी बाँह मुझे हल्के से छू गई थी और उसने पलंग के साथ वाली छोटी मेज़ पर रखा लैम्प जला दिया था।

हम लोगों ने सेन नदी के घाट पर एक कॉफ़ी हाउस में रात का खाना खाया था, उनके होटल के पास ही। मेन्यू में से हमने सिर्फ़ मुख्य व्यंजन मँगवाया था। जेरार्र वाँ बीवर ने ही खाने का पैसा चुकाया था। उस दिन शाम को, मेरे पास पैसे नहीं थे और जेरार्र वाँ बीवर को लग रहा था कि उसके पास पाँच फ्रैंक कम पड़ रहे थे। उसने अपने कोट और अपनी जैकेट की जेबें खंगाल डाली थीं और आख़िरकार रेज़गारी जुटा कर यह रकम पूरी कर पाया था। और वह लड़की चुपचाप सिगरेट पीते हुए खोई नज़रों से एकटक उसे देखती रही। उसने अपनी

डिश हमें दे दी थी ताकि हम लोग बाँट कर खायें और वह ख़ुद जेरार्र वाँ बीवर की थाली से कुछ निवाले लेकर ही संतुष्ट थी। वह मेरी तरफ़ मुड़ गई थी और अपनी ज़रा-सी खसखसी आवाज़ में मुझसे कहा था—

'अगली बार हम लोग किसी असली रेस्तराँ में जायेंगे...'

बाद में जब जेरार्र वाँ बीवर मेरी किताबें लाने के लिए कमरे में गया हुआ था तब हम दोनों होटल के दरवाज़े के सामने ठहरे रहे। मैंने ही ख़ामोशी तोड़ी थी, यह पूछ कर कि क्या वे लोग यहाँ पर बहुत दिनों से रह रहे हैं और यह भी कि वे किसी अन्य प्रान्त के रहने वाले हैं या विदेश के। नहीं, वे पेरिस के आस-पास के रहने वाले थे। यहाँ पर वे दो महीने से रह रहे थे। बस इतना ही कहा था उसने मुझसे, उस शाम। और उसका नाम था — जैकलीन।

जेरार्र वाँ बीवर हमारे पास वापस आ गया था और उसने मुझे मेरी किताबें लौटा दी थीं। वह जानना चाहता था कि क्या मैं अगले दिन फिर से उन्हें बेचने की कोशिश करूँगा और क्या इस किस्म के धंधे में मुनाफ़ा होता है। उसने मुझसे कहा था कि हम लोग दोबारा मिल सकते हैं। मेरे लिए एक नियत समय पर मिलना तय कर पाना मुश्किल था पर वे लोग अक्सर दॉन्त मार्ग के मोड़ पर, एक कॉफ़ी हाउस में होते थे।

मैं कभी-कभी सपनों में उस जगह पर पलट कर वापस जाता हूँ। उस शाम को जब मैं *दॉन्त* मार्ग से गुज़र रहा था, फरवरी महीने का डूबता हुआ सूरज मुझे चकाचौंध कर रहा था। इतना वक़्त गुज़रने के बाद भी यह सड़क बदली नहीं है।

मैं काँच से घेरे हुए बरामदे के सामने ठहर गया और मैंने अन्दर पिनबॉल मशीन और कुछ मेज़ें देखीं जो इस तरह से रखी हुई थीं जैसे कोई डांस फ़्लोर हो।

जब मैं सड़क के बीचोबीच पहुँचा, सामने खड़ी ऊँची इमारत की परछाईं *सैं जरमाँ* मार्ग पर पड़ रही थी। लेकिन मेरे पीछे, फुटपाथ पर अभी भी धूप थी।

जागने पर, धूप और छाँव का यह अन्तर मुझे वैसा ही महसूस हुआ जैसा जीवन के उस दौर में लगा था, जब मेरी जैकलीन से जान-पहचान हुई थी। वैसी ही ज़र्द, ठंडी सड़कें और सूर्य की किरणें जो चिक की झिर्रियों से छन कर आती हैं।

जेरार्र वाँ बीवर हेर्रिन्गबोन का कोट पहनता था जो उसके लिए बहुत बड़ा था। मेरे ज़ेहन में वह अभी भी है, दॉन्त मार्ग के कॉफ़ी हाउस में, पिनबॉल मशीन के सामने खड़ा। मगर वह जैकलीन है, जो खेल रही है। उसकी बाँह और उसके बदन में ज़रा भी कम्पन नहीं होता जब तक कि मशीन की बत्ती जल नहीं जाती। वाँ बीवर का कोट बड़ा था और उसके घुटनों तक पहुँचता था। वह एकदम सीधा खड़ा होता था, मुड़ा हुआ कॉलर, दोनों हाथ जेब में। जैकलीन ने हाथ का बुना, स्लेटी रंग का ऊँचे बंद गले का स्वेटर और भूरे रंग की पतले चमड़े की जैकेट पहन रखी थी।

जब पहली बार *दॉन्त* मार्ग के कॉफ़ी हाउस में वे मुझे मिले, जैकलीन मेरी ओर मुड़ी, मुस्कुरायी और उसने पिनबॉल पर अपना खेल जारी रखा। भीमकाय मशीन जिसके झटके किसी भी क्षण उसे पीछे की तरफ़ फेंक सकते थे, उसके सामने उसकी बाँहें और उसका शरीर मुझे कमज़ोर लग रहा था। वह पूरी कोशिश कर रही थी कि सीधी खड़ी रह पाये कुछ इस तरह मानो किसी को जहाज़ पर से लुढ़क जाने का खतरा हो। वह मेरी टेबल पर, मेरे पास आई और वाँ बीवर ने पिनबॉल मशीन के सामने जगह ले ली। शुरू-शुरू में, मुझे हैरानी होती थी कि वे इतनी देर-देर तक यह खेल खेलते रहते हैं। अक्सर मैं ही, उनके खेल का क्रम भंग करता था, नहीं तो वे अनंतकाल तक खेलते रह जाते।

दोपहर में, इस कॉफ़ी हाउस में तकरीबन कोई नहीं रहता था, लेकिन शाम के छह बजे के बाद, ग्राहक बार के आस-पास और मेज़ों के इर्द-गिर्द सिमटने लगते थे। बातचीत का कोलाहल, पिनबॉल मशीन की खनखनाहट और एक-दूसरे से सट कर खड़े लोगों की इस भीड़ में, मैं जैकलीन और वाँ बीवर को एकदम से अलग नहीं कर पाता था। सबसे पहले मेरा ध्यान वाँ बीवर के

हेर्रिन्गबोन कोट पर जाता था, फिर जैकलीन पर। मैं यहाँ कई बार आया था मगर उन्हें वहाँ नहीं पाया और हर बार, एक मेज़ पर बैठे हुए, मैंने बहुत देर तक उनका इंतज़ार किया था। मैं सोचता था कि अब कभी उनसे मिलने का मौका नहीं मिलेगा और वे भीड़ में कहीं गुम हो गये थे। फिर एक दिन, दोपहर को, खाली कमरे के एक कोने में वे दोनों वहीं पर थे, एक-दूसरे के बगल में, पिनबॉल मशीन के सामने।

~

अपनी ज़िन्दगी के इस हिस्से की बाकी बातें मुझको बमुश्किल याद हैं। अपने माँ-बाप का चेहरा मैं लगभग भूल गया हूँ। कुछ समय के लिए मैं उनके फ़्लैट में रहा था, उसके बाद मैंने अपनी पढ़ाई छोड़ दी और पुरानी किताबें बेच कर पैसे कमाता था।

जैकलीन और वाँ बीवर से जान-पहचान होने के कुछ दिन बाद से ही, मैं उनके पड़ोस के एक होटल, होटल *लीमा* में रहने लगा। अपने पासपोर्ट में दर्ज जन्मतिथि में फेरबदल करके मैंने अपनी उम्र एक साल बढ़ा ली थी ताकि मेरी गिनती वयस्क के तौर पर हो।

होटल *लीमा* में मेरे आने से एक सप्ताह पहले, चूँकि मेरे पास सोने की जगह नहीं थी इसलिए उन्होंने अपने कमरे की चाभी मेरे सुपुर्द कर दी थी और वे दूसरे प्रदेश के किसी जुआघर के लिए निकल गये थे, जहाँ जाने के वे आदी थे।

हमारी मुलाकात से पहले, उन्होंने *कसीनो द आँगियाँ* और नौरमौन्दी (फ्राँस के उत्तरी प्रांत) के छोटे समुद्र तटीय शहरों के दो-तीन और जुआघरों में जाना शुरू किया था। और उसके बाद से उनका अड्डा *दीयेप्प* बन गया था। वे शनिवार को जाते थे और सोमवार को जीती हुई रकम सहित वापस आते थे, जो कभी भी हज़ार फ्रैंक से अधिक नहीं होती थी। वाँ बीवर को जीतने का नुसख़ा मिल गया था 'बेसरोकार पाँच के आस-पास' — जैसा कि वह कहता था लेकिन उसका फ़ायदा तभी मिलता था जब छोटी बाज़ी लगायी जाये।

इन जगहों पर मैं उनके साथ कभी भी नहीं गया। मुहल्ले से बाहर कदम रखे बग़ैर, मैं सोमवार तक उनका इन्तज़ार करता था। फिर कुछ समय बीतने पर वाँ बीवर *'फ़ोर्ज'* जाता था — उसके शब्दों में — क्योंकि वह *बान्योल द ल'ओर्न* से कम दूर था और जैकलीन पेरिस में ही रहती थी।

उनके कमरे में जो रातें मैंने अकेले गुज़ारी थीं, वहाँ पर हवा में हमेशा ईथर की गंध तैरती रहती थी। बेसिन के रैक पर एक नीली शीशी रखी हुई थी। अलमारी में कपड़े थे — एक पुरुषों वाली जैकेट, एक पतलून, एक चोली और एक स्लेटी ऊँचे बंद गले का स्वेटर जो जैकलीन पहनती थी।

उन रातों में, मैं अच्छी तरह सोया नहीं था। मेरी नींद टूटती रहती थी और मुझे पता नहीं चलता था कि मैं कहाँ हूँ। बहुत देर लगती थी उस कमरे को पहचानने में। अगर कोई मुझसे वाँ बीवर और जैकलीन के बारे में पूछता तब मुझे जवाब देने में और वहाँ पर अपनी मौजूदगी को सही साबित करने में बड़ी मुश्किल होती। क्या वे लौट कर आयेंगे कभी ? मुझे इस बात पर संदेह होने लगा था। होटल के प्रवेशद्वार पर जो आदमी, गाढ़े रंग की लकड़ी से बने काउंटर के पीछे सीधा खड़ा रहता था, उसे इस बात से कोई मतलब नहीं था कि मैं सीढ़ियाँ चढ़ कर किसी कमरे के अन्दर जाता हूँ और चाभी अपने पास रखता हूँ। वह सिर हिला कर मेरा अभिवादन करता था।

आख़िरी रात को मैं पाँच बजे के करीब जाग गया था और मुझे दोबारा नींद नहीं आ रही थी। मैं बेशक, जैकलीन के बिस्तर पर सो रहा था और अलार्म घड़ी की टिक-टिक इतनी तेज़ थी कि मेरा मन किया कि उसको अलमारी में रख दूँ या तकिये के नीचे छिपा दूँ। लेकिन मुझे सन्नाटे से डर लगता था। इसलिए मैं उठ गया था और होटल से बाहर चला गया था। मैं सेन नदी के घाट पर *जारदां दे प्लॉन्त* के लोहे के फाटक तक पैदल चला था फिर मैं *गार द'ओस्तरलिट्ज़* (पेरिस के एक रेलवे स्टेशन) के सामने, उस इकलौते कॉफ़ी हाउस के भीतर गया था जो इतने सवेरे खुल चुका था।

एक सप्ताह पहले, वे लोग *दीयेप्प* के जुआघर में जुआ खेलने के लिए निकल गये थे और भोर में ही वापस आ गये थे। आज भी कुछ वैसा ही होने

वाला था। एक घंटे, दो घंटे का और इन्तज़ार...बाहरी इलाकों के बाशिंदे बड़ी संख्या में *गार द'ओस्तरलिट्ज़* से बाहर आ रहे थे, बार में कॉफ़ी पी रहे थे और मेट्रो के मुहाने में समाते जा रहे थे। अभी भी अंधेरा था। मैं फिर से *जारदां द प्लॉन्त* और पुराने *ऑल ओ वैं* के लोहे के फाटक के किनारे-किनारे चलता रहा।

दूर से, मैंने उनकी छवि पहचान ली। वाँ बीवर का हेरिंग्नबोन कोट, रात में अलग से साफ़ नज़र आ रहा था। वे दोनों एक बेंच पर बैठे थे, दूसरे किनारे वाले घाट पर, पुराने पुस्तक विक्रेताओं के बंद बक्सों के सामने। वे *दीयेप्प* से वापस लौटे ही थे। उन्होंने कमरे का दरवाज़ा खटखटाया था, लेकिन कोई जवाब नहीं दे रहा था। और कुछ ही देर पहले मैं कमरे की चाभी जेब में रख कर बाहर निकला था।

~

होटल *लीमा* में मेरे कमरे की खिड़की से *सैं जरमाँ* मार्ग और *बेरनारदां* मार्ग का ऊपरी हिस्सा दिखता था। जब मैं बिस्तर पर लेटा हुआ रहता था तब मुझे खिड़की की चौखट में एक गिरजाघर का घंटा दिखता था, जिसका नाम मैं भूल गया हूँ। सारी रात घंटा बजता रहता था, गाड़ियों की आवाजाही का शोर थमने के बाद। जैकलीन और वाँ बीवर अक्सर मुझे घर तक छोड़ने आते थे। हम लोग एक चीनी रेस्तराँ में रात का खाना खाने गये थे। हमने सिनेमाघर में एक शो देखा था।

इन शामों को, कोई भी चीज़ हमें उन विद्यार्थियों से अलग नहीं करती थी जिनसे हम *सैंमिशेल* मार्ग पर टकराते थे। वाँ बीवर का ज़रा-सा घिसा हुआ कोट और जैकलीन की चमड़े की जैकेट *कार्तिये लाताँ* के विषादपूर्ण परिवेश में घुलमिल जाते थे। मैं एक पुरानी बरसाती पहनता था जिसका ख़ाकी रंग मटमैला पड़ गया था और मेरे हाथ में किताबें रहती थीं। नहीं, सचमुच, मुझे नहीं मालूम कि कौन-सी चीज़ होगी जो लोगों का ध्यान हमारी तरफ़ आकर्षित करती होगी।

~

मैंने होटल *लीमा* के फ़ॉर्म पर लिखा था कि मैं 'उच्च साहित्य का विद्यार्थी' हूँ, लेकिन यह महज़ एक औपचारिकता थी, क्योंकि वह आदमी जो रिसेप्शन पर तैनात रहता था उसने मुझसे कभी ज़रा-सी भी जानकारी नहीं माँगी थी। उसके लिए इतना ही काफ़ी था कि मैं हर हफ़्ते कमरे का भाड़ा चुकाता रहूँ। एक दिन जब मैं किताबों से भरा एक झोला लिए हुए, उन्हें एक जान-पहचान के किताबवाले को बेचने के लिए बाहर जा रहा था तब उसने मुझसे कहा था—

'और, पढ़ाई ठीक चल रही है?'

पहले मुझे लगा कि उसकी आवाज़ में ज़रा-सा व्यंग्य है। मगर वह बिलकुल गंभीर था।

होटल *के द ला तूरनेल* में भी होटल *लीमा* जैसी ही शांति थी। वाँ बीवर और जैकलीन वहाँ पर अकेले ग्राहक थे। उन्होंने मुझे समझाया था कि होटल जल्दी बंद होने वाला है और उसे रिहाइशी फ़्लैटों में तब्दील कर दिया जाएगा। इसके अलावा, सारा दिन, साथ वाले कमरों से हथौड़ियों की आवाज़ सुनाई पड़ती रहती थी।

क्या उन्होंने कोई फ़ॉर्म भरा था और उनका धंधा क्या था? वाँ बीवर ने मुझे बताया था कि उसके कागज़ातों पर उल्लिखित था — 'फेरीवाला' लेकिन मुझे नहीं मालूम था कि वह मज़ाक था या सच। जैकलीन ने कंधे उचकाये। जैकलीन कोई काम नहीं करती थी। फेरीवाला — मैं भी, आख़िरकार, अपने लिए इस पदवी की दावेदारी कर सकता था, चूँकि मैं अपना वक्त किताबों को एक से दूसरी दुकान तक ढोने में लगाता था।

ठंड हो रही थी। फुटपाथ और घाटों पर पिघली हुई बर्फ़, जाड़ों के काले और धूसर रंग मेरी स्मृति पर छा जाते हैं। और जैकलीन हमेशा अपनी चमड़े की जैकेट, जो उस मौसम के लिए बहुत हल्की थी, उसी में बाहर निकलती थी।

पहली बार जब वाँ बीवर *.फ़ोर्ज-लेज़-ओ* के लिए अकेले रवाना हुआ और जैकलीन पेरिस में रह गई थी, वह ठेठ जाड़ों का एक दिन था। हमने वाँ बीवर को *पों मारी* मेट्रो स्टेशन तक पहुँचाने के लिए सेन नदी को पार किया, क्योंकि उसे *गार द सैं-लाज़ार* से ट्रेन पकड़नी थी। उसने हमसे कहा कि वह *दीयेप्प* के जुआघर में भी जायेगा और वह चाहता था कि इस बार हमेशा से ज़्यादा पैसे जीते। उसका हर्रिंग्गबोन कोट मेट्रो के मुहाने में गुम हो गया और हम दोनों, जैकलीन और मैं, अब अकेले थे।

मैं उससे हमेशा वाँ बीवर के साथ ही मिला था इसलिए कभी भी उससे अच्छी तरह बात करने का मौका नहीं मिला था। इसके अलावा अक्सर ऐसा होता था कि पूरी की पूरी शाम गुज़र जाती थी और वह एक भी शब्द नहीं बोलती थी। या फिर कभी-कभी रूखे अंदाज़ में वाँ बीवर से सिगरेट लाने के लिए कहती थी मानो वह उससे छुटकारा पाना चाह रही हो। और मुझसे भी। लेकिन आहिस्ता-आहिस्ता मैं उसकी ख़ामोशी और उसके रूखेपन का आदी हो गया था।

उस दिन जब वाँ बीवर मेट्रो की सीढ़ियों से नीचे उतर रहा था तब मैंने सोचा कि जैकलीन को हमेशा की तरह उसके साथ न जा पाने का अफ़सोस था। हम लोग रीव गोश (सेन नदी का बायाँ तट) की बजाय *होटल द वील* के सामने वाले घाट से जा रहे थे। वह बात नहीं कर रही थी। मुझे अंदेशा हो रहा था कि वह किसी भी क्षण मुझसे रुख़्सत ले लेगी। लेकिन नहीं। वह मेरे संग-संग चलती रही।

सेन नदी और उसके घाटों के ऊपर कोहरा तैर रहा था। जैकलीन इस बेहद हल्की-सी चमड़े की जैकेट में ठंड से जम रही होगी। हम लोग *सीते* टापू के छोर पर *आर्शवेशे* के चौक के किनारे-किनारे चल रहे थे और अचानक उस

पर खाँसी का दौरा पड़ा। कुछ देर बाद वह सँभली। उसकी साँस में साँस आई। मैंने उससे कहा कि उसे कुछ गर्म पीना चाहिए और हम लोग *दॉन्त* मार्ग वाले कॉफ़ी हाउस के भीतर गये।

~

वहाँ पर ढलती दोपहर की आम हलचल बरकरार थी। पिनबॉल मशीन के सामने दो आकृतियाँ थीं लेकिन जैकलीन को खेलने का मन नहीं था। मैंने उसके लिए एक गर्म रम मँगवाई जिसको पीते समय वह ऐसा मुँह बना रही थी मानो ज़हर निगल रही हो। मैंने उससे कहा, 'आपको इस जैकेट में बाहर नहीं निकलना चाहिए।' जब से हमारी जान-पहचान हुई थी मैं उसे तुम कह कर संबोधित नहीं कर पाता था, क्योंकि वह अपने और मेरे दरम्यान एक तरह की दूरी क़ायम रखती थी।

हम लोग कोने वाली मेज़ पर बैठे हुए थे, पिनबॉल मशीन के बिलकुल पास। वह मेरी ओर झुकी और मुझसे कहा कि वह वाँ बीवर के साथ इसलिए नहीं गई थी क्योंकि उसकी तबीयत ठीक नहीं लग रही थी। वह काफ़ी मद्धिम स्वर में बोल रही थी, मैंने अपना चेहरा उसके चेहरे के पास किया। हमारे मस्तक लगभग एक-दूसरे को छू रहे थे। उसने मुझे एक राज़ की बात बताई, जैसे ही जाड़ा खत्म होगा वह पेरिस छोड़ कर चले जाने की उम्मीद कर रही थी। कहाँ जाने के लिए?

'मार्योका...'

मुझे वह चिट्ठी याद आ गई जो उसने हमारी पहली मुलाकात वाले दिन पोस्ट बॉक्स में डाली थी और जिसके लिफ़ाफ़े पर लिखा था — मार्योका।

'लेकिन बेहतर होता अगर हम लोग कल ही रवाना हो जाते...'

अचानक उसका रंग पीला पड़ गया था। हमारे पास बैठे लोगों में से एक ने हमारी मेज़ पर अपनी कोहनी टिका दी थी और अपने सामने वाले से बातें करने में लगा हुआ था, मानो हम उसे दिख ही नहीं रहे थे। जैकलीन बेंच के कोने पर सिमट गई थी। पिनबॉल मशीन की खनखनाहट से मुझे घुटन हो रही थी।

मैं भी पेरिस से चले जाने का सपना देखता था, जब फुटपाथ पर बर्फ़ पिघल जाती थी और मैं अपने पुराने मोकास्सां (हिरन की खाल के जूते) पहनता था।

'सर्दियाँ बीतने का इंतज़ार क्यों करें?' मैंने उससे पूछा।

वह मुस्कुरायी।

'सबसे पहले ज़रूरी यह है कि हमारे पास कुछ बचत हो।'

उसने एक सिगरेट जलायी। वह खाँसी। बहुत ज़्यादा सिगरेट पीती थी वह। और हमेशा वही हल्की फ्राँसीसी तम्बाकू की फीकी-सी गंध वाली सिगरेट।

'आपके किताबें बेचते रहने से तो हम बचत नहीं कर पायेंगे।'

मुझे ख़ुशी हुई जब उसने कहा — हम, जैसे आज के बाद से, वह और मैं, भावी जीवन के लिए जुड़ गये थे।

'जेरार्र *फ़ोर्ज-लेज़-ओ* और *दीयेप्प* से ज़रूर बहुत सारा धन लेकर आयेगा,' मैंने उससे कहा।

उसने कंधे उचकाये।

'छह महीने से हम उसके जीतने का नुसख़ा आज़मा रहे हैं, लेकिन इससे हमें ज़्यादा मुनाफ़ा नहीं होता।'

बेसरोकार पाँच के आस-पास वाले इस नुसख़े पर उसका भरोसा होता नहीं लग रहा था।

'आप जेरार्र को बहुत लम्बे समय से जानती हैं?'

'हाँ... हमारी जान-पहचान पेरिस के बाहरी इलाके *आती मों* में हुई थी...'

वह मेरी आँखों में सीधे देख रही थी, चुपचाप। वह बेशक मुझे यह बात समझाना चाह रही थी कि इस बारे में कहने के लिए अब कुछ बाकी नहीं है।

'अच्छा तो आप *आती मों* की हैं?'

'जी।'

आब्लों के पास बसे इस शहर का नाम, जहाँ मेरा एक दोस्त रहता था, मुझे बहुत अच्छी तरह याद था। वह अपने माता-पिता से गाड़ी माँग लेता था और शाम के वक़्त वह मुझे अपने साथ *औरली* ले जाता था। हम लोग अक्सर सिनेमा और हवाई अड्डे के एक शराबख़ाने में जाते थे। विमानों के आगमन और दूरदराज़ की मंज़िलों तक जाने के लिए उनकी उड़ानों की उद्घोषणा सुनने के लिए हम देर रात तक वहाँ रुके रहते थे और हम लोग बड़े से हॉल में यूँ ही टहलते रहते थे। जब वह मेरे साथ पेरिस आता था तब हम लोग राजमार्ग नहीं लेते थे बल्कि हम *वीलनव-ल-वा, आती मों,* और दक्षिणी बाहरी इलाकों पर बसे अन्य छोटे शहरों से होते हुए आते थे... उन दिनों, मैं ज़रूर जैकलीन से टकराया होऊँगा।

'आपने काफ़ी सफ़र किया है?'

यह एक ऐसा सवाल है जो किसी घिसे-पिटे संवाद में जान डाल देता है और मैंने एक बनावटी नीरसता के साथ यह सवाल पूछा था।

'इतना भी नहीं,' उसने कहा। 'पर अब अगर हम थोड़ा पैसा जमा कर पायें...'

वह अब और धीमे से बोल रही थी, मानो मुझे कोई राज़ की बात बताना चाह रही हो। और हमारे चारों तरफ़ हो रहे कोलाहल की वजह से उसको सुन पाना मुश्किल हो रहा था। मैं उसकी तरफ़ झुका, फिर से हमारे मस्तक लगभग छूने लगे थे।

'जेरार्र और मेरी मुलाकात एक अमरीकी से हुई जो उपन्यास लिखता है... वह मार्योका में रहता है... और हमारे लिए वहाँ पर एक घर ढूँढ देगा... यह वही शख़्स है जिससे हम घाट पर, अंग्रेज़ी किताबों की दुकान पर मिले थे।'

मैं वहाँ अक्सर जाता था। यह दुकान छोटी-छोटी कोठरियों की एक भूलभूलैया थी जो पुस्तकों और पत्रिकाओं के अंकों से पटी रहती थी और जहाँ पर एकान्त के कुछ क्षण बिताये जा सकते थे। ग्राहक दूर-दूर से आते थे और कुछ देर सुस्ताने के लिए वहाँ ठहर जाते थे। यह दुकान देर रात तक खुली रहती थी। मैंने वहाँ से *तोशनिट्ज़* संकलन के कुछ उपन्यास खरीदे थे और उन्हें पुनः बेचने की कोशिश की थी। खुले में किताबों के कुछ रैक थे, एक सोफ़े और कुछ बेंचों के साथ। लगता था जैसे किसी कॉफ़ी हाउस के बाहर बैठने वाली

जगह हो। वहाँ से *नोत्र-दाम* दिखता था। फिर भी दहलीज़ को पार करते ही एमस्टरडम या सैन फ्राँसिस्को में होने का एहसास होता था।

इस प्रकार वह चिट्ठी जो उसने *ओदेयों* में डाली थी, वह इस अमरीकी को ही, 'जो उपन्यास लिखता था...' भेजी गई थी। क्या नाम था उसका? मैंने शायद उसकी कोई किताब पढ़ी हो...

'विलियम मैक जीवेर्न...'

नहीं मैं इस कथित मैक जीवेर्न को नहीं जानता था। उसने एक नयी सिगरेट जला ली। वह खाँसी। वह अभी भी वैसी ही पीली पड़ी हुई थी।

'मुझे ज़रूर फ़्लू हो गया होगा,' उसने कहा।

'आपको एक और गर्म रम पीनी चाहिए।'

'नहीं, शुक्रिया।'

वह अचानक बहुत परेशान दिखने लगी थी।

'उम्मीद कर रही हूँ कि जेरार्र के लिए सब ठीक-ठाक रहेगा...'

'मैं भी...'

'मुझे हमेशा फ़िक्र लगी रहती है जब भी जेरार्र यहाँ पर नहीं रहता...'

उसने जब 'जेरार्र' नाम बोला था तब आख़िरी अक्षरों पर बहुत नरमी से ज़ोर डाला। बेशक वह उसके साथ कभी-कभार रुखाई से पेश आती थी लेकिन रास्ते में उसकी बाँह पकड़ कर चलती थी या फिर जब हम कैफ़े *दॉन्त* की किसी मेज़ पर बैठे होते थे तब वह उसके कंधे पर सिर रख देती थी। एक दिन दोपहर में मैंने उनके कमरे के दरवाज़े पर दस्तक दी थी, उसने मुझसे अन्दर आने के लिए कहा था और वे दोनों उस खिड़की के पासवाले पतले से बिस्तर पर लेटे हुए थे।

'मैं जेरार्र के बगैर नहीं रह सकती।'

यह बात उसके मुँह से निकल गयी थी मानो वह अपने आप से बातें कर रही थी और भूल गई थी कि मैं वहाँ मौजूद था। अचानक मैं अवांछित हो गया

था। अब शायद उसे अकेले छोड़ देना बेहतर था। और ज्यों ही मैं उससे रुख़सत लेने के लिए बहाना ढूँढ रहा था, उसने मुझ पर अपनी निगाहें टिका दीं, एक उड़ती सी निगाह। और फिर अंततः मुझे देखा।

मैंने ही ख़ामोशी तोड़ी—

'और आपका फ़्लू, अब कुछ ठीक है?'

'मुझे एस्प्रिन की गोली चाहिए होगी। आप आस-पास कोई दवाख़ाना जानते हैं?'

संक्षेप में, मेरी भूमिका, अभी तक, सिर्फ़ उन्हें सबसे नज़दीक पोस्ट ऑफ़िस या दवाई की दुकान तक का रास्ता बताने की थी।

~

मेरे होटल के पास, *सैं जरमाँ* मार्ग पर, एक दवाख़ाना था। उसने केवल एस्प्रिन ही नहीं बल्कि ईथर की एक शीशी भी खरीदी। हम लोग थोड़ी देर और साथ चले, *बेरनारदां* मार्ग के कोने तक। वह मेरे होटल के प्रवेशद्वार पर रुक गई।

'हम रात के खाने पर मिलते हैं, अगर आप चाहें।'

उसने मुझसे हाथ मिलाया। वह मुझे देख कर मुस्कुरायी। मुझे ख़ुद को सँभालना पड़ा कि कहीं उससे यह न कह बैठूँ कि मैं उसके साथ रहना चाहता हूँ।

'सात बजे के करीब मुझे लेने आ जाइएगा।'

वह सड़क के कोने से मुड़ गई। घाट की तरफ़ उसे दूर जाते देखने से मैं ख़ुद को रोक नहीं पाया, अपनी चमड़े की जैकेट में, जो सर्दियों के लिए नहीं बनी थी। उसने अपने हाथ जेब में डाले हुए थे।

~

मैं सारी दोपहर कमरे में ही रहा। कमरा गर्म रखने का इंतज़ाम अब नहीं था और मैं बिस्तर पर अपना कोट उतारे बिना ही लेट गया था। रह-रह कर,

मुझे नींद के हल्के झोंके आ रहे थे, और मैं कमरे की छत में एक बिंदु पर आँखें गड़ाये जैकलीन और जेरार्र वाँ बीवर के बारे में सोच रहा था।

क्या वह अपने होटल लौट गई थी? या फिर पेरिस में कहीं पर किसी से उसकी मुलाकात तय थी? मुझे एक शाम का वाक़या याद आया जब वह हम दोनों, मुझे और वाँ बीवर को, अकेले छोड़ गई थी। हम लोग एक फ़िल्म देखने गये थे, आख़िरी शो था, और वाँ बीवर मुझको परेशान लग रहा था। अगर वह मुझे अपने साथ सिनेमा तक खींच कर ले गया था तो सिर्फ़ इसलिए कि वक़्त गुज़र जाये। रात के एक बजे हमें जैकलीन *क्यूज़ा* मार्ग के एक कॉफ़ी हाउस में मिली थी। उसने हमें बताया नहीं था कि सारी शाम उसने किस तरह गुज़ारी थी। तिस पर वाँ बीवर ने उससे कोई सवाल नहीं किया मानो मेरा होना उनके खुल कर बात कर पाने में आड़े आ रहा था। उस रात, मैं कबाब में हड्डी बन गया था। वह मेरे साथ होटल *लीमा* तक आये। उनकी ख़ामोशी बरक़रार थी। शुक्रवार था, उनकी आदत के अनुसार *दीयेप्प* या *.फ़ोर्ज-लेज़-ओ* जाने से एक दिन पहले का दिन। मैंने उनसे पूछा था कि वे कितने बजे की ट्रेन पकड़ने वाले हैं।

'कल हम पेरिस में ही रहेंगे,' वाँ बीवर ने शुष्क स्वर में कहा।

उन्होंने मुझे होटल के प्रवेशद्वार पर छोड़ दिया था। वाँ बीवर ने बग़ैर मुझसे हाथ मिलाये कहा था, 'कल मिलेंगे।' जैकलीन मुझे देखकर मुस्कुरायी थी, एक बेबस मुस्कान। लग रहा था जैसे उसे वाँ बीवर के साथ अकेले रहने में डर लग रहा था और उसे किसी तीसरे का मौजूद रहना अच्छा लगता। बावजूद इसके जब मैंने उन्हें दूर जाते हुए देखा तब वाँ बीवर ने जैकलीन की बाँह पकड़ ली थी। वे एक-दूसरे से क्या कह रहे थे? क्या जैकलीन किसी बात की सफ़ाई दे रही थी? क्या अपनी आदत के अनुसार वाँ बीवर उसे भला-बुरा कह रहा था? या कि मुझको ये सब ख़याल यूँ ही आ रहे थे?

~

मेरे होटल से निकलने के काफ़ी देर पहले से ही रात ढल चुकी थी। *बेरनारदां* मार्ग से होते हुए मैं घाट तक पहुँचा। मैंने उसके दरवाज़े पर दस्तक

दी। वह मेरे लिए दरवाज़ा खोलने आई। उसने अपना स्लेटी ऊँचे बंद गले का स्वेटर और काली पतलून जो एड़ियों पर तंग थी,पहन रखी थी। वह नंगे पाँव थी। खिड़की के पासवाला बिस्तर अस्त-व्यस्त था और पर्दे खिंचे थे। सिरहाने के पास रखे लैम्प का शेड हटा दिया गया था पर नन्हे से बल्ब ने कमरे के कुछ हिस्सों में अंधेरा ही छोड़ दिया था। और अभी तक ईथर की गंध फैली थी, हमेशा से ज़्यादा तीखी। वह पलंग के छोर पर बैठ गई और मैं उस इकलौती कुर्सी पर जो दीवार के साथ, बेसिन के पास रखी थी। मैंने उससे पूछा कि वह बेहतर महसूस कर रही है या नहीं।

'थोड़ा-सा बेहतर...'

उसने पलंग के पासवाली छोटी मेज़ के बीचोबीच ईथर की खुली शीशी पर टिकी मेरी नज़रों को देख लिया। वह ज़रूर सोच रही होगी कि मुझे महक आ रही है।

'मैं अपनी खाँसी रोकने के लिए यह लेती हूँ...' और अपनी सफ़ाई पेश करने वाले अंदाज़ में उसने दोहराया—

'सच में... यह खाँसी के लिए बहुत अच्छा है।' और जब उसे एहसास हो गया कि मैं उस पर यक़ीन कर रहा हूँ, उसने मुझसे कहा—

'आपने कभी इस्तेमाल नहीं किया है?'

'नहीं।'

ख़ुद ईथर सूँघने के बाद उसने रूई का टुकड़ा मेरी तरफ़ बढ़ाया। मैं उसे लेने से पहले एक पल को हिचकिचाया, पर कौन जाने, इसकी वजह से हमारे बीच एक रिश्ता क़ायम हो जाए... मैंने रूई सूँघी उसके बाद ईथर की शीशी। फिर उसकी बारी थी। मेरे फेफड़ों में ताज़गी भर गई। मैं उसके बगल में लेटा हुआ था। हम लोग एक-दूसरे से चिपके हुए थे और शून्य में समाते जा रहे थे। ताज़गी का एहसास और ज़्यादा प्रखर होता जा रहा था और घड़ी की टिक-टिक, सन्नाटे में एकदम अलग हट कर सुनाई पड़ रही थी, इतनी साफ़ कि मैं उसकी गूँज तक सुन पा रहा था।

हम लोग होटल से सुबह छह बजे निकले और *क्यूजा* मार्ग के कॉफ़ी हाउस तक, जो सारी रात खुला रहता था, पैदल चले। यहीं पर उन्होंने मुझे, एक सप्ताह पहले, मिलने के लिए बुलाया था *.फ़ोर्ज-लेज़-ओ* से लौट कर आने पर। वे करीब सात बजे पहुँचे थे और हम लोगों ने नाश्ता एक साथ किया था। हालाँकि उनकी शक्ल देख कर लग नहीं रहा था कि उन्होंने रात आँखों में काटी होगी और वे आम तौर पर जितने उत्साहित रहते थे उससे कहीं ज़्यादा जोश से भरे लग रहे थे। ख़ास तौर पर जैकलीन। उन्होंने दस हज़ार फ़्रैंक जीत लिये थे।

इस बार, वाँ बीवर *.फ़ोर्ज-लेज़-ओ* से ट्रेन से नहीं बल्कि किसी की गाड़ी में वापस आ रहा था, इस शख़्स से उसकी मुलाकात *लाँग्रयून* के जुआघर में हुई थी और वह पेरिस में रहता था। होटल से बाहर निकलते हुए जैकलीन ने मुझसे कहा था कि शायद वाँ बीवर पहले से ही *क्यूजा* मार्ग पर हो।

मैंने उससे पूछा कि कहीं वह उससे मिलने के लिए अकेली जाना तो पसन्द नहीं करेगी और मेरा होना क्या सच में आवश्यक था। मगर उसने कंधे उचकाये और मुझसे कहा कि वह चाहती है कि मैं उसके साथ चलूँ।

कॉफ़ी हाउस में हम लोगों के सिवाय कोई और नहीं था। नियोन की रोशनी में मेरी आँखें चौंधिया रही थीं। बाहर अभी भी अंधेरा था और मैं समय का बोध खो बैठा था। हम बैठे हुए थे, पास-पास, काँच की बड़ी खिड़की के पासवाली बेंच पर और मुझको ऐसा एहसास हुआ जैसे कि रात शुरू हो रही थी।

काँच की खिड़की से मैंने देखा, एक काली गाड़ी कॉफ़ी हाउस के ऊपर वाली सड़क पर रुकी। उसमें से वाँ बीवर बाहर निकला, अपने हेर्रिंग्नबोन कोट में। गाड़ी का दरवाज़ा धड़ से बंद करने से पहले वह ड्राइवर की तरफ़ झुका। उसकी नज़रें हमें ढूँढ रही थीं लेकिन हम उसे नहीं दिखे। वह सोच रहा था कि हम लोग कोने में थे। नियोन की रोशनी की वजह से उसकी आँखें मिचमिचा रही थीं। उसके बाद, वह आकर हमारे सामने बैठ गया।

मेरी मौजूदगी से वह हैरान नहीं लग रहा था या शायद वह कोई सवाल पूछने के लिए बहुत ज़्यादा थका हुआ था? उसने तुरन्त एक कड़क कॉफ़ी और क्रवासौं का ऑर्डर दिया।

'आखिरकार मैं *दीयेप्प* चला ही गया...'

वह कोट पहने ही रहा, कॉलर खड़े किये हुए। कंधे झुकाये वह पीठ टेढ़ी किये टेबल पर टेक लगाये हुए था, यह उसकी जानी-पहचानी मुद्रा थी, जब वह बैठा होता था तो और जो मुझे किसी घुड़सवार जैसी लगती थी। जबकि खड़े होने पर वह एकदम तना हुआ रहता था मानो ज़्यादा लम्बा दिखना चाहता था।

'*दीयेप्प* में मैंने तीन हज़ार फ्रैंक जीते...'

इस बात को कहने में एक ललकार का पुट था। शायद जैकलीन के मेरी संगत में होने की नाख़ुशी वह इस तरह से ज़ाहिर कर रहा था। उसने उसका हाथ पकड़ लिया था। वह मुझे नज़रअंदाज़ कर रहा था।

'बढ़िया है,' जैकलीन बोली।

वह उसका हाथ सहला रहा था।

'आप मार्योका के लिए हवाई टिकट खरीद सकते हैं,' मैंने कहा।

वाँ बीवर ने मुझे आश्चर्य से देखा।

'मैंने इसे अपने सपनों के बारे में बताया,' जैकलीन ने कहा।

'अच्छा, तब आपको पता है? उम्मीद करता हूँ कि आप हमारे साथ चलेंगे...'

नहीं, निश्चित तौर पर मेरी मौजूदगी से वह नाराज़ नहीं लग रहा था। लेकिन वह मुझे 'आप' कह कर ही संबोधित करता रहा। मैंने कई बार कोशिश की थी उसे 'तुम' कहूँ। कोई कामयाबी नहीं मिली। वह मुझे हमेशा 'आप' कह कर जवाब देता था।

'मैं आऊँगा अगर आप लोग सच में मेरा साथ चाहते हैं,' मैंने उनसे कहा।

'बेशक हम आपका साथ चाहते हैं,' जैकलीन बोली।

वह मुझे देख मुस्कुरा रही थी। अब उसने अपना हाथ वाँ बीवर के हाथ पर रख दिया था। बैरा कॉफ़ी और क्रवासौं ला रहा था।

'मैंने चौबीस घंटे से कुछ नहीं खाया,' वाँ बीवर बोला।

उसका चेहरा ज़र्द पड़ा हुआ था, नियोन की रोशनी में आँखें धँसी हुई दिख रही थीं। उसने एक के बाद एक, एकदम जल्दी-जल्दी बहुत सारे क्रवासौं खाये।

'अब बेहतर लग रहा है... अभी-अभी गाड़ी में मुझे नींद आ गई थी...'

जैकलीन की तबीयत अब बेहतर लग रही थी। वह अब खाँस नहीं रही थी। ईथर का असर था? मैंने सोचा कि उसके साथ बीता वक्त कहीं मेरा ख़्वाब तो नहीं था, ख़ालीपन, ताज़गी और हल्केपन का एहसास, हम दोनों एक पतले से बिस्तर में, हिचकोले खाते हुए मानो एक भँवर में फँस गये हों, उसकी आवाज़ की प्रतिध्वनि जो घड़ी की टिक-टिक से भी ज़ोर से गूँज रही थी। उसने मुझसे 'तुम' कह कर बात की थी। अभी वह मुझे 'आप' कह रही थी। और जेरार्र वाँ बीवर वहाँ पर था। फिर से उसके *फ़ोर्ज-लेज़-ओ* या *दीयेप्प* जाने का इंतज़ार करना होगा, और यह भी तो पक्का नहीं था कि वह मेरे साथ पेरिस में रुक जायेगी।

'और आप, आपने क्या किया?'

एक क्षण को मुझे महसूस हुआ कि उसे किसी बात पर संदेह हो रहा था। लेकिन उसने यह सवाल अनमनेपन से, लगा जैसे यूँ ही बदस्तूर पूछ लिया था।

'कुछ ख़ास नहीं,' जैकलीन ने कहा। 'हम लोग सिनेमा गये।'

वह मेरी आँखों में सीधा देखती रही, मानो इस झूठ में मुझे साझेदार बनाना चाह रही थी। उसका हाथ अभी भी वाँ बीवर के हाथ पर था।

'और आप लोगों ने कौन-सी फ़िल्म देखी?'

'ले कोंत्रबौंदिये द मूनफ्लीट,' मैंने कहा।

'अच्छी थी?'

उसने अपना हाथ जैकलीन के हाथ पर से हटा लिया।

'बहुत अच्छी थी।'

उसने हम लोगों को बारी-बारी से, बहुत ध्यान से देखा। जैकलीन उसकी आँखों में देखती रही।

'मैं चाहूँगा कि आप मुझे फ़िल्म की कहानी सुनायें... लेकिन किसी और

दिन... आपके पास वक्त है...'

उसकी आवाज़ में ज़रा-सा ताना था और जैकलीन के चेहरे पर मुझे हल्की-सी भय की रेखा दिखी। वह भौंहें सिकोड़ रही थी। अंत में उसने वाँ बीवर से कहा—

'तुम होटल लौटना चाहते हो ?'

फिर से जैकलीन ने उसका हाथ अपने हाथ में ले लिया था। वह भूल गई थी कि मैं वहाँ मौजूद था।

'तुरन्त नहीं... मैं एक और कॉफ़ी पिऊँगा...'

'और उसके बाद हम लोग होटल वापस चलेंगे,' उसने कोमल स्वर में वही बात दोहरायी।

अचानक मुझे भोर की घड़ियों का एहसास हुआ और मेरा नशा उतर गया। उस रात को ख़ूबसूरत बनाने वाली हर चीज़ बिखर कर तितर-बितर हो रही थी। भूरे रंग की चमड़े की जैकेट में एक मामूली-सी लड़की, रंग पीला पड़ा हुआ, हेर्रिन्गबोन कोट पहने एक शख़्स के सामने बैठी हुई। वे हाथ में हाथ डाले होटल वापस लौटने वाले थे। और जाड़े के अनेक दिनों के बाद एक और नया दिन शुरू हो रहा था। मुझे अभी *सैंमिशेल* मार्ग के नीरस धुंधलकों में और भटकना था, अपने स्कूल या कॉलेज की तरफ़ जाते इन सभी लोगों के बीच। वे मेरी उम्र के ही थे, लेकिन मेरे लिए वे सब अजनबी थे। मैं उनकी ज़ुबान मुश्किल से ही समझ पाता था। एक दिन मैंने वाँ बीवर को बताया था कि मैं किसी और मुहल्ले में रहना पसंद करता, क्योंकि विद्यार्थियों के झुण्ड के बीच, मुझे बहुत अटपटा लगता था। उसने मुझसे कहा था—

'यह एक भूल होगी। उन लोगों के बीच में रहने पर, किसी का ध्यान हम पर नहीं जाता है।'

जैकलीन ने दूसरी तरफ़ रुख़ कर लिया था जैसे कि उसे इस बारे में कोई दिलचस्पी नहीं थी और वह डर रही थी कि वाँ बीवर मुझे कोई राज़ बता देगा।

'क्यों ?' मैंने उससे पूछा था। 'आपको पहचाने जाने का डर है ?'

उसने मुझे जवाब नहीं दिया था। लेकिन मुझे सफ़ाई की ज़रूरत नहीं थी। मैं ख़ुद, पहचान लिए जाने से डरता था।

'तब ? हम वापस होटल चलें ?' उसकी आवाज़ अभी भी वैसी ही कोमल थी। वह उसका हाथ प्यार से सहला रही थी। मुझे वह बात याद आई जो उसने दोपहर में, कैफ़े *दॉन्त* में कही थी, 'मैं जेरार्र के बगैर नहीं रह सकती।' वे कमरे के भीतर जाने वाले थे। क्या वे ईथर सूँघेंगे, जैसा एक रोज़ पहले हम लोगों ने किया था ? नहीं। अभी-अभी जब हम लोगों ने होटल छोड़ा था, जैकलीन ने अपनी जैकेट की जेब से ईथर की शीशी बाहर निकाली थी और उसे घाट पर एक नाली में फेंक दिया था, थोड़ा-सा आगे जाकर।

'मैंने जेरार्र से वादा किया था कि यह रद्दी चीज़ कभी नहीं लूँगी।'

ज़ाहिर तौर पर, मैं उसके मन में कोई आशंका नहीं जगाता था। मैं निराश था लेकिन मिलीभगत में शामिल होने का बोध भी हो रहा था, क्योंकि इस 'रद्दी चीज़' की बात उसने मेरे साथ साझा करनी चाही थी।

~

मैं घाट तक उनके साथ गया। होटल की दहलीज़ पार करते वक्त वाँ बीवर ने मेरी तरफ़ हाथ बढ़ाया।

'जल्दी मिलेंगे।'

वह मुझसे नज़रें चुरा रही थी।

'हम लोग कुछ देर के बाद कैफ़े *दॉन्त* में मिलेंगे,' वह मुझसे बोली।

मैंने उन्हें सीढ़ियाँ चढ़ते हुए देखा। जैकलीन ने उसकी बाँह पकड़ रखी थी। मैं, दहलीज़ पर, जड़वत खड़ा था। उसके बाद मैंने उनके कमरे के किवाड़ को बन्द होते सुना।

मैं *के द ला तूरनेल* से निकल गया, पत्र-विहीन चिनार के वृक्षों की कतार के तले, कोहरे और गलन वाली ठंड में। कम-से-कम, ग़नीमत थी कि मैंने बर्फ़ पर चलने वाले जूते पहन रखे थे मगर अपने कमरे को गर्म रखने की

बदइंतज़ामी और उस भूरी लकड़ी के बिस्तर के ख़याल से मैं सिहर उठा। वाँ बीवर ने *दीयेप्प* में तीन हज़ार फ्रैंक जीते थे। मैं भला किस तरह इतनी बड़ी रक़म हासिल कर पाऊँगा? मैंने उन थोड़ी-सी किताबों की कीमत आँकने की कोशिश की जो मेरे पास बेचने के लिए थीं। बहुत कम। मैंने सोचा कि किसी भी हाल में, अगर मेरे पास दुनिया भर का पैसा होता तब भी जैकलीन की नज़र में उसकी कोई अहमियत नहीं होती।

उसने मुझसे कहा था, 'हम लोग थोड़ी देर बाद कैफ़े *दॉन्त* में मिलेंगे।' उसने बात अधूरी छोड़ दी थी। तो इस तरह से मुझे सारी दोपहर उनके इंतज़ार में काटनी होगी, फिर से एक और दोपहर, पहली बार की तरह। और इंतज़ार करते हुए एक ख़याल मेरे दिमाग पर छाया हुआ था, बीती रात हमारे दरम्यान जो हुआ उसकी वजह से वह मुझसे अब कभी मिलना नहीं चाहती थी। उसकी नज़र में मैं उसकी शर्मिन्दगी का गवाह बन गया था। मैं *सैंमिशेल* मार्ग पर फिर से ऊपर जा रहा था और मुझे लग रहा था कि इस मुहल्ले में कैद, मैं उसी फुटपाथ पर काफ़ी अरसे से पैदल चल रहा था, बगैर किसी ख़ास मक़सद के। सिवाय एक के, कि मेरी जेब में एक नकली छात्र पहचान पत्र था और इसी वजह से इस विद्यार्थियों वाले मुहल्ले में आना-जाना संभव था।

होटल *लीमा* पहुँचने पर मैं अन्दर जाने में झिझका। लेकिन सारा दिन बाहर नहीं रह सकता था, चमड़े का ब्रीफ़केस और बस्ता लिए हुए उन सब लोगों से घिरे हुए जो हाई स्कूल, सॉरबोन्न विश्वविद्यालय, इन्जीनियरिंग स्कूल की तरफ़ जा रहे थे। मैं बिस्तर पर लेट गया। कुछ और करने के लिए कमरा बहुत छोटा था, न कोई मोढ़ा, न कुर्सी।

गिरजाघर का घंटा मेरी खिड़की से दिखता था और शाहबलूत की डालियाँ भी जिन्हें देख कर अफ़सोस होता था कि वे पत्तों से ढकी नहीं थीं लेकिन वसन्त के लिए एक महीना और इंतज़ार करना था। मुझे अब याद नहीं है कि उस दौर में, मैं भावी जीवन के बारे में सोचता भी था या नहीं। बल्कि मुझे लगता है कि मैं वर्तमान में जीता था, भविष्य के डाँवाँडोल मंसूबे बनाता हुआ, जैसे आज, और अभी कुछ देर में, कैफ़े *दॉन्त* में, उनसे फिर मिलने की उम्मीद, जैकलीन से और उससे।

बाद में, यह करीब रात के एक बजे की बात होगी जब उन्होंने मुझे कार्रतो से मिलवाया। शाम को मैंने कैफ़े *दॉन्त* में निरर्थक उनका इंतज़ार किया था और उनके होटल तक जाने की हिम्मत नहीं जुटा पाया था। *सोमेरार* मार्ग पर एक चीनी रेस्तराँ में मैंने कुछ खाया था। जैकलीन से दोबारा कभी नहीं मिलने के ख़याल ने मेरी भूख मिटा दी थी। इसलिए मैं ख़ुद को दिलासा देने की कोशिश कर रहा था। वे ऐसे ही किसी भी दिन होटल छोड़ कर नहीं जायेंगे और अगर चले भी जायें तो चौकीदार के पास मेरे लिए अपना पता छोड़ जायेंगे। लेकिन मेरे लिए अपना पता छोड़ जाने की सचमुच उनके पास क्या वजह होगी ? कोई फ़र्क नहीं पड़ता, शनिवार और इतवार को, *दीयेप्प* और *फ़ोर्ज-लेज़-ओ* के जुआघरों में, मैं उनकी तलाश में भटकता रहूँगा।

मैं बहुत देर तक घाट पर, *सैं-जुलियाँ-ल-पोव्र* की तरफ़ स्थित अंग्रेज़ी किताबों वाली दुकान में रहा। वहाँ से मैंने एक किताब खरीदी, *ए हाई विंड इन जमैका,* जिसे मैंने फ्रेंच में तब पढ़ा था जब मैं करीब पन्द्रह साल का था। मैं बेमक़सद चलता रहा, तब तक जब तक कि मैं एक दूसरी किताब की दुकान पर नहीं पहुँच गया, *सैं-सेवरां* मार्ग पर, वह भी बहुत देर तक खुली रहती थी। उसके बाद, मैं अपने कमरे में लौट आया और पढ़ने की कोशिश करता रहा।

एक बार फिर, मैं बाहर गया और मेरे कदम मुझे *क्यूजा* मार्ग वाले कॉफ़ी हाउस तक ले गये जहाँ हम लोग आज सुबह इकट्ठे हुए थे। मेरे दिल में एक हूक-सी उठी, वे उसी मेज़ पर बैठे हुए थे, खिड़की के पास, एक गहरे भूरे बालों वाले आदमी के संग। वाँ बीवर उसकी दाहिनी तरफ़ था। मुझे सिर्फ़ जैकलीन दिख रही थी, उन लोगों के सामने, बेंच पर अकेली, हाथ बाँधे हुए। वह थी वहाँ पर, शीशे के पीछे, पीली रोशनी में और अफ़सोस कि मैं बीते समय में लौट नहीं सकता था। मैं दोबारा *क्यूजा* मार्ग के फुटपाथ पर ख़ुद को पाऊँगा,

वहीं पुराने दिनों वाली जगह पर, लेकिन वैसा जो मैं आज हूँ और मुझे जैकलीन को इस कैदख़ाने से बाहर निकाल कर वापस खुली हवा में ले जाने में ज़रा भी मुश्किल पेश नहीं आयेगी।

≈

उनकी टेबल तक चल कर जाने में मुझको शर्मिन्दगी महसूस हो रही थी, जैसे मैं उन्हें रंगे हाथों पकड़ना चाहता था। मुझे देखकर वाँ बीवर ने हाथ हिला कर प्यार से इशारा किया। जैकलीन मुझे देखकर मुस्कुरायी, बगैर ज़रा भी हैरत दिखलाये। वाँ बीवर ने ही मेरा परिचय उस दूसरे आदमी को दिया,

मैंने उससे हाथ मिलाया और बेंच पर बैठ गया, जैकलीन के बगल में।

'आप यहाँ पास से गुज़र रहे थे?' वाँ बीवर ने मुझसे विनम्रता से पूछा, इस तरह जैसे उसने किसी ग़ैर से कहा हो।

'हाँ... बिलकुल इत्तफ़ाक से...'

मैंने तय किया हुआ था कि अपनी जगह पर ही बैठा रहूँगा, बेंच पर। जैकलीन मुझसे नज़रें चुरा रही थी। क्या यह कार्रतो की मौजूदगी का असर था कि वे मुझसे दूरी बना रहे थे? निस्संदेह मैंने उनकी बातचीत में व्यवधान डाल दिया था।

'आप कुछ पियेंगे?'

उसकी आवाज़ भारी और गूँजती-सी थी, किसी ऐसे व्यक्ति की तरह जिसे बातचीत करने और लोगों का विश्वास जीतने में महारत हासिल हो। 'एक ग्रेनाडीन।'

उस आदमी की उम्र हम लोगों से ज़्यादा थी, तक़रीबन पैंतीस साल। बालों का रंग भूरा, साधारण नैन-नक्श। उसने एक स्लेटी रंग का सूट पहन रखा था।

होटल से निकलते हुए, मैंने अपनी बरसाती की जेब में *ए हाई विंड इन जमैका* सरका ली थी। एक उपन्यास जो मुझे पसंद था, उसे हर वक्त अपने पास रखने से मेरा हौसला बना रहता था। अपनी जेब में सिगरेट का पैकेट ढूँढते हुए,

मैंने उसे मेज़ पर रखा और कार्रतो का ध्यान उस पर चला गया।

'आप अंग्रेज़ी पढ़ते हैं?'

मैंने हामी भरी। चूँकि जैकलीन और वाँ बीवर चुप थे, आखिर में उसने कहा—

'आप लोग एक-दूसरे को काफ़ी दिनों से जानते हैं?'

'हमारी मुलाकात यहीं, मुहल्ले में हुई थी,' जैकलीन ने कहा।

'अच्छा... समझ गया...'

क्या समझ में आ रहा था उसको, सच पूछा जाये तो? उसने एक सिगरेट जलायी।

'और आप जुआघरों में भी इनके साथ जाते हैं?'

'नहीं।'

वाँ बीवर और जैकलीन अभी भी चुप्पी साधे थे। भला किस वजह से मेरी उपस्थिति उन्हें शर्मिन्दा कर रही होगी?

'अच्छा तब आपने कभी भी उन्हें तीन घंटे तक लगातार जुआ खेलते नहीं देखा...'

वह ठठा कर हँसा।

जैकलीन मेरी तरफ़ मुड़ी।

'हमारी जनाब से मुलाकात *लाँग्रयून* में हुई थी,' जैकलीन ने मुझसे कहा।

'मैंने इन्हें तुरन्त पहचान लिया,' कार्रतो ने कहा। 'इनके खेलने का ढंग इतना अजीब था...'

'अजीब क्यों?' वाँ बीवर ने दिखावटी लहज़े में कहा।

'बहरहाल हमें हैरानी होती है कि *लाँग्रयून* में और क्या किया जा सकता है,' जैकलीन ने उस पर मुस्कुराहट भरी नज़र डालते हुए कहा।

वाँ बीवर ने अपनी वही घुड़सवार वाली चिरपरिचित मुद्रा अपना ली थी, टेढ़ी पीठ, सिर कंधों में धँसा। वह असहज लग रहा था।

'आप जुआघर में खेलते हैं?' मैंने कार्रतो से पूछा।

'सचमुच में तो नहीं। मुझे वहाँ जाने में मज़ा आता है, यूँ ही... जब मैं खाली रहता हूँ...'

और क्या गतिविधियाँ रहती होंगी उसकी जब वह खाली रहता होगा तब?

धीरे-धीरे, जैकलीन और वाँ बीवर का तनाव थोड़ा कम हुआ। क्या उन्हें डर था कि मैं कोई ऐसी बात न बोल दूँ जिससे कार्रतो ख़फ़ा हो जाये या कि बातचीत के दौरान कार्रतो कोई ऐसा सच उजागर न कर दे जो दोनों मुझसे छुपाना चाह रहे हों?

'तो अगले हफ़्ते... *फ़ोर्ज* में?' कार्रतो ने उन पर माख़ौल भरी नज़र डाली।

'बल्कि *दीयेप्प,*' वाँ बीवर ने कहा।

'मैं आप लोगों को वहाँ गाड़ी में लेकर चल सकता हूँ। उससे जल्दी पहुँचेंगे...'

वह मेरी और जैकलीन की ओर मुड़ा—

'*दीयेप्प* से वापस आने में कल हमें एक घंटे से थोड़ा ज़्यादा समय लगा...'

तो इस तरह, वही वाँ बीवर को पेरिस वापस लेकर आया था। मुझे *क्यूजा* मार्ग पर, वह काली गाड़ी याद आई।

'मेहरबानी होगी अगर आप हमें अपने साथ ले चलें,' जैकलीन बोली। 'हर बार ट्रेन पकड़ना इतना कष्टकर होता है...'

वह कार्रतो को अजीब नज़रों से देख रही थी मानो वह उससे प्रभावित थी और उसके प्रति एक तरह के आकर्षण से ख़ुद को बचा नहीं पा रही थी। क्या

वाँ बीवर का ध्यान इस बात पर गया था?

'आपकी ख़िदमत करने में मुझे ख़ुशी होगी,' कार्तो ने कहा। 'उम्मीद है कि आप हमारे साथ शामिल होंगे...'

वह अपनी उन्हीं तिरस्कार भरी नज़रों से मुझे घूरता रहा। ऐसा लग रहा था जैसे उसने मेरे बारे में अपनी राय बना ली थी और मैं उसके मन में नीचा देखने की भावना जगा रहा था।

'मैं शहर के जुआघरों में नहीं जाता...' मैंने तल्ख़ी से कहा।

उसे झटका लगा। जैकलीन भी मेरी प्रतिक्रिया पर स्तब्ध थी। वाँ बीवर अविचलित रहा।

'आप ग़लत हैं। बहुत मनोरंजक होते हैं, शहर के जुआघर...'

उसकी नज़रें कठोर हो गई थीं। निस्संदेह मैंने उसको नाराज़ कर दिया था। इतने डरपोक से दिखने वाले लड़के के मुँह से इस तरह के विचार की कल्पना नहीं की थी उसने। लेकिन मैं इस तनाव को कम करना चाहता था। इसलिए मैंने कहा—

'आप ठीक कह रहे हैं... दिलचस्प तो है... ख़ास कर *लाँग्रयून...*'

हाँ, मेरी यह जानने की इच्छा थी कि वह *लाँग्रयून* में क्या कर रहा था जब उसकी मुलाकात जैकलीन और वाँ बीवर से हुई थी। मैं उस जगह से परिचित था, क्योंकि वहाँ पर मैंने दोस्तों के साथ एक दोपहर गुज़ारी थी, एक साल पहले, *नौरमौन्दी* की यात्रा के दौरान। मैं उसकी वहाँ पर कल्पना नहीं कर पा रहा था, अपने स्लेटी सूट में, बरसात में एक जुआघर ढूँढते हुए, जर्जर बंगलों की कतार के साथ-साथ चलते हुए। इस जुआघर की एक हल्की-सी स्मृति थी, जो *लाँग्रयून* में नहीं बल्कि वहाँ से कुछ सौ मीटर दूर, *लाक-स्यूर-मेर* में स्थित था।

~

'आप विद्यार्थी हैं?'

उसने आख़िरकार मुझसे यह सवाल पूछ ही लिया। पहले मेरा मन चाहा कि 'हाँ' बोलूँ लेकिन यह सादा-सा जवाब चीज़ों को उलझा देता, क्योंकि उसके बाद विस्तृत विवरण देना पड़ता कि किस क़िस्म की पढ़ाई कर रहा हूँ।

'नहीं। मैं किताबों की दुकानों के लिए काम करता हूँ।'

मैं उम्मीद कर रहा था कि उसके लिए इतना काफ़ी होगा। क्या उसने जैकलीन और वाँ बीवर से भी यही सवाल किया था? और उन्होंने उसे क्या जवाब दिया होगा? क्या वाँ बीवर ने उससे कहा था कि वह घर-घर जाकर सामान बेचता है? मुझे शक है कि उसने ऐसा कहा होगा।

'मैं यहीं पर, एकदम सामने, विद्यार्थी रह चुका हूँ...'

वह हम लोगों को एक छोटी-सी बिल्डिंग दिखा रहा था, सड़क के दूसरी तरफ़।

'यह फ्रेंच ऑर्थोपेडिक स्कूल था... इसमें मैं एक साल तक रहा... उसके बाद मैं डेन्टिस्टरी स्कूल में गया, *श्वाज़ी* एवेन्यू में...'

अब हमसे बात करते समय उसके स्वर में आत्मीयता का भाव था। क्या वाक़ई वह सच्चा था? शायद वह चाह रहा था कि हम भूल जायें कि वह हमारी उम्र का नहीं है और वह अब विद्यार्थी नहीं रहा।

'मैंने डेन्टल कॉलेज चुना ताकि एक दिशा मिल जाये, किसी निश्चित लक्ष्य की ओर। मेरी फ़ितरत कहीं टिक कर रहने वाली नहीं थी, आप लोगों की तरह...'

निश्चित तौर पर, सच कहूँ तो स्लेटी सूट में पैंतीस साल के इस आदमी का हम लोगों के साथ, *कार्रातिये लाताँ* के एक कॉफ़ी हाउस में इतनी देर तक बैठने का सिर्फ़ एक ही मतलब समझ में आ रहा था कि वह जैकलीन को पसन्द करता था।

'आप कुछ और पीना चाहेंगे? मैं एक और व्हिस्की लूँगा...'

वाँ बीवर और जैकलीन को देखकर ज़रा भी नहीं लग रहा था कि वे

बेचैन थे। और मैं, मैं बेंच पर ही बैठा रहा, जैसे कभी दुःस्वप्नों में जब आप उठ पाने में असमर्थ हों, मानो आपके पाँव में मनों पत्थर बँधे हों। समय-समय पर, मैं जैकलीन की तरफ़ मुड़ रहा था और मेरा मन हो रहा था कि उसे इस कॉफ़ी हाउस से निकल जाने को कहूँ और हम दोनों *गार द लियों* तक पैदल चल कर जायें। हम लोग रात की ट्रेन पकड़ लेते और दूसरे दिन सुबह *कोत-द'आज़्यूर* या इटली पहुँच जाते।

~

गाड़ी *क्यूजा* मार्ग पर, थोड़ा-सा ऊपर की तरफ़, फुटपाथ पर उस जगह लगी हुई थी जहाँ से सीढ़ियाँ और रेलिंग शुरू होती थीं। जैकलीन गाड़ी में आगे की सीट पर बैठी। कार्रतो ने मुझसे मेरे होटल का पता पूछा और *सैं-जाक* मार्ग से होते हुए हम लोग *सैं-जरमाँ* मार्ग पर पहुँच गये।

'अगर मैं सही समझ रहा हूँ तो आप सभी होटल में ही रहते हैं...' उसने कहा।

उसने वाँ बीवर और मेरी तरफ़ रुख किया। फिर से एक बार, उसने हमें ग़ौर से देखा, व्यंग्य भरी मुस्कुराहट लिए और जो मुझे एहसास दिलवा रहा था कि हम लोग दोनों उसके लिए नाचीज़ थे।

'कुल मिलाकर, यह स्वच्छन्द हिप्पियों का जीवन है...'

शायद वह एक मज़ाकिया और प्यार भरा अंदाज़ अपनाना चाह रहा था। अगर ऐसा था तब वह बहुत फूहड़ ढंग से कह रहा था, उन सभी उम्रदराज़ लोगों की तरह जिनके मन में यौवन एक ख़ौफ़ पैदा करता है।

'और कब तक आप होटलों में रहते रहेंगे?'

इस बार वह जैकलीन को संबोधित कर रहा था। वह सिगरेट पी रही थी और उसकी राख आधी खुली खिड़की से बाहर फेंक रही थी।

'तब तक जब तक हम पेरिस छोड़ के न जायें,' उसने कहा। 'यह हमारे

अमरीकी मित्र पर निर्भर करता है जो मार्योका में रहता है।'

कुछ देर पहले, मैंने इस मैक जीवेर्न की एक किताब ढूँढने की निरर्थक कोशिश की थी, घाट पर अंग्रेज़ी किताबों की दुकान में। उसके अस्तित्व का एकमात्र सबूत था वह लिफ़ाफ़ा जो मैंने पहले दिन जैकलीन के हाथ में देखा था, वह लिफ़ाफ़ा जिस पर मार्योका का पता लिखा हुआ था। पर यह पक्का नहीं था कि पावती का नाम 'मैक जीवेर्न' ही था।

'आप उस पर वाकई भरोसा कर सकते हैं?' कार्रतो ने पूछा।

मेरे बगल में, वाँ बीवर शर्मिन्दा लग रहा था। जैकलीन ने ही आख़िर में कहा—

'बिलकुल...उसने हमें मार्योका आने का न्यौता दिया है।'

वह साफ़ आवाज़ में बात कर रही थी जो उसकी लग ही नहीं रही थी। मुझे महसूस हुआ कि इस 'अमरीकी दोस्त' के बहाने वह कार्रतो पर हावी होना चाहती थी और उसे यह समझाना चाहती थी कि वह अकेला नहीं था जिसे उसमें और वाँ बीवर में दिलचस्पी थी।

उसने मेरे होटल के सामने गाड़ी रोकी। तो इसका मतलब था कि मैं उनसे रुख़सत ले लूँ और मैं डर रहा था कि उनसे अब फिर कभी नहीं मिलूँगा, वैसी ही दोपहर जब मैं कैफ़े *दॉन्त* में उन लोगों का इन्तज़ार करता रहता था। कार्रतो उन लोगों को तुरन्त उनके होटल नहीं पहुँचायेगा और वे निश्चित तौर पर, नदी के दाहिने तट पर कहीं एक साथ रात बितायेंगे। या फिर यहीं पड़ोस में कहीं पर वे एक आख़िरी जाम पियेंगे। लेकिन सबसे पहले, वे मुझसे छुटकारा पाना चाहेंगे।

वाँ बीवर, दरवाज़ा खुला ही छोड़ कर गाड़ी से बाहर निकला। मुझे ऐसा लगा जैसे मैंने कार्रतो के हाथ को जैकलीन के घुटने सहलाते देखा, लेकिन शायद हल्के अंधेरे की वजह से वह एक भ्रम होगा।

जैकलीन अपने मुँह में बोली, 'फिर मिलेंगे।' कार्रतो ने एक सूखा-सा 'गुड नाइट' कह कर मानो मुझ पर कोई एहसान किया। निस्संदेह मैं वहाँ पर अनचाहा था। वाँ बीवर फुटपाथ पर खड़ा इन्तज़ार कर रहा था कि मैं वहाँ से

हटूँ। और उसने मुझसे हाथ मिलाया। 'कैफ़े *दॉन्त* में शायद मिलें किसी दिन' उसने मुझसे कहा था।

होटल की दहलीज़ पर, मैं मुड़ा। वाँ बीवर ने हाथ हिलाया और वापस गाड़ी में बैठ गया। गाड़ी का दरवाज़ा धड़ से बंद हुआ। अब वाँ बीवर गाड़ी की पिछली सीट पर अकेला था।

गाड़ी का इंजन चालू हुआ और वह सेन नदी की दिशा में चल पड़ी। यही रास्ता *गार द'ओस्तरलिट्ज़* और *गार द लियों* को भी जाता था और मैंने मन में सोचा कि वे पेरिस छोड़ कर जाने वाले थे।

~

ऊपर अपने कमरे में जाने से पहले, मैंने रात वाले चौकीदार से डाइरेक्टरी माँगी मगर मुझे अभी तक 'कार्रतो' की सही वर्तनी मालूम नहीं थी और मेरी नज़रों के सामने अलग-अलग तरह से लिखे अनगिनत कार्रतो उपनाम थे। उनमें से किसी का नाम पियेर्र नहीं था।

मुझे नींद नहीं आ पा रही थी और मुझे अफ़सोस हो रहा था कि क्यों मैंने कार्रतो से कोई सवाल नहीं किया? लेकिन क्या वह उनके जवाब देता? अगर वह सचमुच डेन्टल कॉलेज का छात्र रह चुका था तो अब वह इस क्षेत्र में काम करता था क्या? सफ़ेद एप्रन पहने, अपने क्लिनिक में मरीज़ों को देखते हुए, मैंने उसकी कल्पना करने की कोशिश की। उसके बाद मेरे ख़याल मुझे जैकलीन और उसके घुटने पर ठहरे कार्रतो के हाथ तक ले गये। शायद वाँ बीवर ही मुझे कुछ समझा पाता। मेरी नींद उचटती-सी रही। सपने में अलग-अलग वर्तनी वाले कार्रतो नाम के चमकीले अक्षर मेरी आँखों के सामने घूमते रहे।

मैं सुबह आठ बजे के करीब जागा, कोई मेरे कमरे के दरवाज़े पर दस्तक दे रहा था। जैकलीन थी। मैं ज़रूर थका-मांदा दिख रहा होऊँगा, जैसे कोई आधी नींद से उठा हो। उसने मुझसे कहा कि वह बाहर मेरा इंतज़ार करेगी।

अभी अंधेरा था। मैं खिड़की से उसको देख रहा था। वह सड़क के दूसरी तरफ़ बेंच पर बैठी हुई थी। ठंड से बचने के लिए उसने अपनी जैकेट का कॉलर ऊपर कर लिया था और अपने हाथ जेबों में डाल लिए थे।

हम लोग दोनों सेन नदी की तरफ़ चल पड़े और *ऑल ओ वैं* से पहले के आख़िरी कॉफ़ी हाउस में गये। भला वह यहाँ पर कैसे थी, मेरे सामने? एक रोज़ पहले, कार्रतो की गाड़ी से निकलते समय मैंने कभी इसकी कल्पना भी नहीं की थी। मैंने तो बस इतना ही सोचा था कि मैं कैफ़े *दॉन्त* में निरर्थक उनके इंतज़ार में लम्बी दोपहरें बिताया करूँगा। उसने मुझसे स्पष्ट किया था कि वाँ बीवर उनके जन्म प्रमाणपत्र लाने के लिए *आती मों* के लिए रवाना हो चुका था ताकि नये पासपोर्ट बन जायें। तीन महीने पहले बेल्ज़ियम की यात्रा के दौरान उन लोगों के पुराने वाले पासपोर्ट खो गए थे।

अब उसके आचरण में वह तटस्थता नहीं थी जिसने मुझे एक रोज़ पहले की शाम को, हिला दिया था, जब वे दोनों कैफ़े *दॉन्त* में कार्रतो के साथ थे और जब वहाँ पर अचानक पहुँच कर मैंने उन्हें चौंका दिया था। वह मुझे वैसी ही मिली जैसी उन लम्हों में थी जो हमने एक साथ बिताये थे। मैंने उससे पूछा कि उसका फ़्लू ठीक हो गया है या नहीं। उसने कंधे उचकाये। आज कल से भी ज़्यादा ठंड थी और उसने अभी भी वही मुलायम चमड़े वाली जैकेट पहनी हुई थी।

'आपके लिए एक असली कोट ज़रूरी है,' मैंने उससे कहा।

उसने सीधे मेरी आँखों में देखा और उसके चेहरे पर एक माख़ौल भरी मुस्कुराहट आई।

'आपकी नज़रों में असली कोट किसे कहते हैं?'

मैं ऐसे सवाल की उम्मीद नहीं कर रहा था। और मानो वह मुझको तसल्ली देना चाह रही थी, उसने मुझसे कहा—

'और यूँ भी सर्दियाँ जल्दी खत्म हो जायेंगी अब।'

वह मार्योका से किसी ख़बर का इंतज़ार कर रही थी। और किसी भी दिन कोई ख़बर मिलने का अंदाज़ा था। वह उम्मीद लगाये थी कि वसन्त ऋतु आने तक वह चली जायेगी। ज़ाहिर था कि मैं उनके साथ रहूँगा अगर मैं चाहता। मुझे तसल्ली हुई कि वह मुझे यह सब बता रही थी।

'और कार्रतो? उसकी कोई खोज-ख़बर है आपको?'

कार्रतो के ज़िक्र पर उसने भौंहें सिकोड़ीं। मैंने जताया जैसे एक मामूली-सी बात कर रहा हूँ, जैसे कोई मौसम की बात कर रहा हो।

'आपको उसका नाम याद है?'

'आसानी से याद रह जाने वाला नाम है।'

'और यह कार्रतो, कोई काम-धंधा करता था वह?'

'हाँ, वह एक डेन्टल सर्जन के क्लिनिक में काम करता था, *ओस्समान्न* मार्ग पर, *जाकमार्र-आँद्रे* संग्रहालय के पास।'

घबराहट में उसने एक सिगरेट जलायी।

'वह हमें कुछ पैसे उधार दे सकता है। उससे हमें अपनी यात्रा में मदद मिलेगी।'

लग रहा था कि वह मेरी प्रतिक्रिया पर आँखें गड़ाये थी।

'क्या वह अमीर है?' मैंने उससे पूछा।

वह मुस्कुरायी—

'अभी-अभी, आप कोट की बात कर रहे थे...तो मैं उससे कहूँगी कि मुझको एक फ़र कोट भेंट कर दे...'

उसने मेरे हाथ पर अपना हाथ रख दिया, जैसा मैंने *क्यूजा* मार्ग के कॉफ़ी हाउस में उसे वाँ बीवर के साथ करते देखा था और अपना चेहरा मेरे चेहरे के पास ले आई।

'फ़िक्र मत कीजिये,' उसने कहा, 'मुझे फ़र कोट बिलकुल अच्छे नहीं लगते।'

~

मेरे कमरे में, उसने काले परदे खींच दिये। मैंने पहले कभी ऐसा नहीं किया था, क्योंकि इन परदों के रंग से मुझे परेशानी होती थी और हर रोज़ मेरी नींद सुबह की रोशनी से टूटती थी। अब वह रोशनी परदों की दरार से झाँक रही थी। ज़मीन पर बिखरे उसके कपड़ों और जैकेट को देखना अजीब-सा था। काफ़ी देर के बाद, हम नींद के आग़ोश में चले गये थे। सीढ़ी में आवाजाही की आहट से मेरी नींद टूट गई लेकिन मैं हिला नहीं। वह अभी तक सो रही थी, सिर मेरे कंधे पर टिकाये। मैंने अपनी हाथ घड़ी में देखा। दोपहर के दो बज रहे थे।

~

मेरे कमरे से जाते वक्त उसने मुझसे कहा कि शाम को हमारा नहीं मिलना बेहतर होगा। वाँ बीवर हर हाल में *आती मों* से काफ़ी देर पहले वापस आ गया होगा और *के द ला तूरनेल* पर उसकी राह देख रहा होगा। मैंने उससे पूछना नहीं चाहा कि वह अपने ग़ायब रहने को किस तरह सही ठहरायेगी।

जब मैं फिर से अकेला हुआ, मुझे कुछ ऐसा एहसास हुआ कि मैं फिर

उसी जगह पर आ गया हूँ, जहाँ पर एक दिन पहले था। फिर से, मेरे लिए अब किसी चीज़ का कोई स्थायित्व नहीं था और मेरे पास यहाँ या कैफ़े *दॉन्त* में इन्तज़ार करने या फिर *क्यूजा* मार्ग से रात को एक बजे गुज़रने के अलावा कोई और रास्ता नहीं था। और फिर से शनिवार को वाँ बीवर *.फ़ोर्ज-लेज़-ओ* या *दीयेप्प* के लिए रवाना हो जायेगा और हम लोग मेट्रो स्टेशन तक उसके साथ जायेंगे। और अगर उसे मंजूर हो कि जैकलीन पेरिस में ही रह जाये, तब फिर स्थितियाँ हू-ब-हू पिछली बार जैसी होंगी। और क़यामत तक ऐसे ही चलता रहेगा।

अपने बड़े से खाकी टाट के बैग में, मैंने तीन या चार कला-पुस्तकें इकट्ठी कीं और सीढ़ी से उतरा।

रिसेप्शन काउन्टर के पीछे जो आदमी खड़ा रहता था मैंने उससे पूछा कि उसके पास पेरिस की गलियों वाली डाइरेक्टरी है कि नहीं और उसने मेरी तरफ़ नीले रंग की एक डाइरेक्टरी बढ़ाई जो नयी लग रही थी। मैंने *ओस्समान्न मार्ग* के सभी नम्बर देख डाले जब तक मुझे 158, *जाकमार्र-आँद्रे* संग्रहालय का पता नहीं मिल गया। नम्बर 160 पर, एक दाँतों का डॉक्टर था, अमुक पियेर्र रोब्ब। मैंने बस यूँ ही, उसका नम्बर लिख लिया — *वाग्राम* 1318। उसके बाद हाथ में बड़ा खाकी बैग लिए, *सैं-जुलियाँ ल-पोव्र* स्थित अंग्रेज़ी किताबों की दुकान तक पैदल चला जहाँ उन कृतियों को जिन्हें मैं ढो रहा था, उनमें से एक एक, *इटालियन विलाज़ एंड देयर गार्डन्स* को डेढ़ सौ फ्रैंक में बेचने में सफल हो गया।

ओस्समान्न मार्ग की इमारत नम्बर 160 के आगे, मैं पल भर के लिए ठिठका और फिर दहलीज़ पार की। दीवार पर लगी एक तख़्ती पर बड़े अक्षरों में नाम और मंज़िल के नम्बर छपे हुए थे—

डॉक्टर पी. रोब्ब — पी. कार्रतो, दूसरी मंज़िल

जिस अभिलेख में अन्य नाम लिखे थे, कार्रतो का नाम उनसे भिन्न था और लग रहा था कि उसे बाद में सूची में शामिल किया गया था। मैंने दूसरी मंज़िल के दरवाज़े की घंटी बजाने का मन बनाया, लेकिन लिफ़्ट नहीं ली जिसके काँच के दो दरवाज़े और लोहे के ग्रिल हल्के अंधेरे में चमक रहे थे। मैं धीरे-धीरे सीढ़ियाँ चढ़ता रहा, उस बात की तैयारी करते हुए जो मैं दरवाज़ा खोलने वाले व्यक्ति से कहने वाला था — मेरा डॉक्टर कार्रतो से मिलने का वक्त तय था। अगर वे मुझे उसके पास ले जायें तब मैं ख़ुशी भरा अंदाज़ अपनाऊँगा जैसे कभी किसी मित्र से अप्रत्याशित मुलाकात हो जाने पर होता है। एक बात थी कि वह मुझसे सिर्फ़ एक बार मिला था और संभवतः मुझे पहचान भी नहीं पाता।

दरवाज़े पर एक सुनहरी तख़्ती टँगी थी जिस पर मैंने पढ़ा—

डेन्टल सर्जन

मैंने एक बार, दो बार, तीन बार घंटी बजायी, लेकिन कोई जवाब नहीं दे रहा था।

मैं इमारत से बाहर निकल गया। *जाकमार्र-आँद्रे* संग्रहालय के पास एक कॉफ़ी हाउस था जिसके बाहर खुले में बैठने की जगह काँच की खिड़कियों से

घेरी हुई थी। मैंने एक मेज़ चुनी जहाँ से मैं 160 नम्बर के प्रवेशद्वार पर नज़र रख सकता था। मैं कार्रतो के आने का इंतज़ार कर रहा था। मुझे अभी तक पक्के तौर पर यह भी पता नहीं था कि वह जैकलीन और वाँ बीवर के लिए ज़्यादा अहमियत रखता था या नहीं। यह इत्तफ़ाक से हुई मुलाकातों में से एक होगी। शायद वे कार्रतो से ज़िन्दगी में दोबारा कभी न मिलें।

मैं कई गिलास अनार का जूस पी चुका था और अभी शाम के सिर्फ़ पाँच बजे थे। आख़िर में, मैं भूल गया कि वह वजह क्या थी जिसके लिए मैं इस कॉफ़ी हाउस के बाहर बैठा इंतज़ार कर रहा था। कई महीने गुज़र गये थे जब से मैंने नदी के दाहिने तट पर कदम नहीं रखा था और इस वक़्त *के द ला तूरनेल* और *कार्रतिये* लाताँ मुझे हज़ारों किलोमीटर दूर लग रहे थे।

शाम ढल रही थी। कॉफ़ी हाउस जो उस वक्त से सूना पड़ा था जब मैंने अपनी मेज़ चुनी थी, अब आहिस्ता-आहिस्ता ग्राहकों से भरने लगा था जो ज़रूर अड़ोस-पड़ोस के दफ़्तरों से निकल रहे होंगे। मुझको पिनबॉल मशीन का शोर सुनाई दे रहा था, कैफ़े *दॉन्त* की तरह।

जाकमार्र-आँद्रे संग्रहालय के पास आकर एक काली गाड़ी रुकी। पहले तो मैंने उसे ध्यान से नहीं देखा। और फिर एकदम से दिल को धक्का लगा, वह कार्रतो की गाड़ी थी। मैंने उसे पहचान लिया क्योंकि यह एक अंग्रेज़ी मॉडल की गाड़ी थी जो फ्राँस में बहुत कम प्रचलित थी। यह एक गाड़ी से बाहर निकला और बायीं तरफ़ का दरवाज़ा किसी के लिए खोलने आया, वह जैकलीन थी। इमारत के प्रवेश द्वार की दिशा में चलते हुए वे मुझे देख सकते थे, काँच की दीवार के पीछे लेकिन मैं अपनी मेज़ से हिला नहीं। यहाँ तक कि मैंने उन पर से अपनी नज़रें भी नहीं हटायीं। मानो उनका ध्यान अपनी तरफ़ आकृष्ट करना चाह रहा था।

मेरी मौजूदगी से अनजान वे चले गये। जैकलीन को पहले अंदर जाने देने के लिए कार्रतो ने मुख्य दरवाज़ा धकेला। उसने गहरे नीले रंग का कोट पहन रखा था और जैकलीन ने अपनी हल्की चमड़े की जैकेट।

मैंने काउन्टर से टेलीफ़ोन का एक कूपन खरीदा। टेलीफ़ोन बूथ निचले तल पर था। मैंने *वाग्राम* 1318 नम्बर मिलाया। किसी ने फ़ोन उठाया।

'आप पियेर्र कार्रतो हैं?'

'कौन बात कर रहा है?'

'क्या मैं जैकलीन से बात कर सकता हूँ?'

कुछ पलों की ख़ामोशी। मैंने फ़ोन काट दिया।

अगले दिन दोपहर में कैफ़े *दॉन्त* में, मैं उनसे मिला, जैकलीन और वाँ बीवर से। वे अकेले थे, बिलकुल कोने में, पिनबॉल मशीन के सामने। मेरे आने पर उन्होंने अपना खेल नहीं रोका। जैकलीन तंग काली पतलून और लाल फीतों वाली सैंडल पहने थी। ये जाड़े में पहने जाने वाले जूते नहीं थे।

जब वाँ बीवर सिगरेट लेने के लिए गया और जैकलीन और मैं एक-दूसरे के सामने अकेले रह गये थे तब मैंने उस मौके का फ़ायदा उठाया, उससे यह कहने के लिए—

'और कार्रतो? *ओस्समान्न* मार्ग पर सब ठीक-ठाक रहा?'

वह एकदम पीली पड़ गई।

'आप मुझसे यह क्यों पूछ रहे हैं?'

'मैंने आपको उसके साथ एक इमारत के अंदर जाते देखा था।'

मैं ज़बरदस्ती मुस्कुरा रहा था और हल्के अंदाज़ में बोल रहा था।

'आप मेरा पीछा कर रहे थे?'

उसकी आँखें फैली हुई थीं। जिस वक्त वाँ बीवर हमारे पास वापस आ रहा था, वह मेरी ओर झुकी और धीमी आवाज़ में कहा—

'यह बात बस हमारे बीच रहेगी।'

मुझे ईथर की शीशी याद आ गई — रद्दी चीज़, उसके शब्दों में — जो उसने मेरे साथ उस रात साझा की थी।

'आप परेशान लग रही हैं...'

वाँ बीवर मेरे सामने खड़ा था और उसने मेरे कंधे पर थपकी मारी, मानो मुझे एक बुरे सपने से जगाना चाह रहा हो। उसने मेरी तरफ़ एक सिगरेट का पैकेट बढ़ाया।

'पिनबॉल मशीन पर एक और खेल खेलने का मन है तुम्हारा?' जैकलीन ने उससे पूछा।

लग रहा था जैसे वह मुझसे दूरी बनाने का उपाय ढूँढ रही थी।

'तुरंत नहीं। इससे मुझे माइग्रेन हो रहा है।'

मुझे भी। मुझे पिनबॉल मशीन की खटखट तब भी सुनाई देती रहती थी जब मैं कैफ़े *दॉन्त* में नहीं होता था।

मैंने वाँ बीवर से पूछा—

'आपको कार्रतो की कोई ख़बर है?'

जैकलीन ने भौंहें सिकोड़ीं, निस्संदेह मुझको यह इशारा देने के लिए कि इस बारे में बात नहीं करनी है।

'क्यों? आपको उसमें दिलचस्पी है?'

उसने तल्ख़ आवाज़ में मुझसे यह सवाल पूछा था। उसे आश्चर्य हो रहा था कि मुझको कार्रतो का नाम याद रह गया था।

'क्या वह एक अच्छा डेन्टल सर्जन है?'

मुझको स्लेटी सूट और भारी गूँजती-सी आवाज़ याद थी जो ख़ासी अलग लगती थी।

'मुझे नहीं मालूम,' वाँ बीवर ने कहा।

जैकलीन ऐसे जता रही थी जैसे वह कुछ सुन नहीं रही। वह कहीं और देख रही थी, कॉफ़ी हाउस के मुख्य दरवाज़े पर। वाँ बीवर मुस्कुरा रहा था, एक ओढ़ी हुई मुस्कान।

'वह सालभर में आधा समय पेरिस में काम करता है,' उसने कहा।

'और उसके अलावा, कहाँ काम करता है?'

'प्रान्तों में।'

उस दिन शाम को *क्यूजा* मार्ग के कॉफ़ी हाउस में जब मैं उनकी मेज़ पर साथ बैठा था तब उन लोगों और कार्रतो के बीच एक शर्मिन्दगी की तरंग-सी थी जो हम लोगों की रोज़मर्रा की घिसी-पिटी बातों के बावजूद काफ़ूर नहीं हुई थी। और वही असहजता मुझे अभी फिर से, जैकलीन की ख़ामोशी और वाँ बीवर के टाल-मटोलू जवाब में दिखी।

'इस आदमी के साथ दिक्कत है कि यह इतना चिपकू है कि इससे पीछा छुड़ाना मुश्किल है,' जैकलीन बोली।

ऐसा लगा जैसे वाँ बीवर ने चैन की साँस ली कि जैकलीन ने मुझसे खुलकर यह बात कहने की पहल की जैसे कि इसके बाद से अब उन्हें मुझसे कुछ छिपाना नहीं पड़ेगा।

'हम लोग ख़ास तौर पर उससे मिलना नहीं चाहते हैं,' उसने आगे जोड़ा। 'वही हमारे पीछे-पीछे आता है...'

हाँ, कार्रतो ने भी एक दिन शाम को यही कहा था। इन लोगों की उससे जान-पहचान दो महीने पहले *लाँग्रयून* के जुआघर में हुई थी। वह अकेला खेल रहा था, आधे-अधूरे मन से, समय काटने के लिए। उसने इन लोगों को डिनर पर ले चलने का न्यौता दिया था, उस इकलौते रेस्तराँ में जो खुला हुआ था, थोड़ी दूर पर, *लाक-स्यूर-मेर* में और उन्हें बताया था कि वह *आव्र* में दाँतों का डॉक्टर था।

'और आपने यकीन कर लिया कि यह सच है?' मैंने पूछा।

वाँ बीवर हैरान हुआ कि मैं इस कार्रतो के धंधे को लेकर कोई संदेह व्यक्त कर सकता था। *आव्र* में दाँतों का डॉक्टर। मैं कई दफ़ा इस शहर में गया था, काफ़ी पहले, इंग्लैंड के लिए जहाज़ पकड़ने के लिए, और मैं घाट के आस-पास के इलाकों में घूमा था। मैं स्टेशन पर अपने आने और बंदरगाह तक

के सफ़र को याद करने की कोशिश कर रहा था। कंक्रीट की बड़ी इमारतें, सारी एक जैसी, चौड़ी सड़क के किनारे-किनारे। भीमकाय रिहायशी इमारतें और खुले मैदान को देख कर मन में एक ख़ालीपन का एहसास हुआ था। और अब इस परिवेश में कार्रतो की कल्पना करनी थी।

'उसने हमें *आव्र* का पता भी दिया था,' वाँ बीवर बोला।

जैकलीन के सामने, मेरी वाँ बीवर से पूछने की मजाल नहीं हुई कि वह पेरिस में ओस्समान्न मार्ग का भी उसका पता जानता था कि नहीं। अचानक जैकलीन हतप्रभ दिखी, सोच में पड़ी कि वाँ बीवर चीज़ों को साधारण बना रहा है और मुश्किलें जितनी थीं उनसे बहुत कम बता रहा है, एक आदमी जिससे नौरमौन्दी प्रदेश के समुद्र किनारे बसे एक शहर में मुलाकात होती है और जो दाँतों का डॉक्टर भी है, कुल मिलाकर बेहद मामूली-सी बात। मुझे याद आ रहा था कि मैं हमेशा घाट पर बने एक कॉफ़ी हाउस में जहाज़ पर चढ़ने का इंतज़ार करता था — *ला पोर्त्त ओसेयान...* क्या कार्रतो इस जगह पर जाता था? और वहाँ पर, क्या वह इसी स्लेटी सूट में रहता था?

कल मैं *आव्र* का एक रोड मैप खरीदूँगा, जब मैं जैकलीन के साथ अकेला होऊँगा, वह मुझे सब कुछ समझा देगी।

'हम सोचते थे कि पेरिस में उसे हमारा पता-ठिकाना नहीं मिलेगा, लेकिन तीन हफ़्ते पहले, वह हमें फिर मिल गया...'

और वाँ बीवर ने अपनी पीठ थोड़ी-सी और झुकायी और सिर कंधों के बीच धँसाया मानो वह कोई अड़चन पार करने वाला था।

'आप उसे रास्ते में मिल गई थीं?' मैंने पूछा।

'हाँ,' जैकलीन बोली। 'उससे मेरी मुलाकात इत्तफ़ाक से हो गई थी। वह *शातले* चौक पर एक टैक्सी का इंतज़ार कर रहा था। मैंने उसे अपने होटल का पता दे दिया।' अचानक वह परेशान दिखने लगी कि बातचीत इसी विषय पर टिकी हुई थी।

'अब जब वह आधे समय पेरिस में रहता है, हमसे बार-बार मिलना

चाहता है। हम लोग मना नहीं कर पाते...'

कल दोपहर में, कार्रतो ने गाड़ी का दरवाज़ा खोला उसके बाद जैकलीन बाहर निकली और वह उसके पीछे-पीछे *ओस्समान्न* मार्ग की बिल्डिंग के अन्दर गई थी। मैंने दोनों को काफ़ी गौर से देखा था। जैकलीन के चेहरे पर ज़रा भी परेशानी नहीं झलक रही थी।

'आप क्या वास्तव में उससे मिलने के लिए मजबूर हैं?'

'थोड़ा तो,' वाँ बीवर ने कहा।

वह मुझे देखकर मुस्कुराया। कुछ और कहने से पहले, वह एक पल को झिझका :

'आप हमारे लिए एक काम कर सकते हैं... आप हमारे साथ रहियेगा, अगली बार जब यह आदमी हमारा पीछा करता हुआ आये... '

'आपकी मौजूदगी हमारी मुश्किलें आसान कर देगी,' जैकलीन बोली। 'आपको बुरा तो नहीं लगेगा?'

'बिलकुल नहीं। मैं यह काम ख़ुशी-ख़ुशी करूँगा।'

जैकलीन के लिए मैं कुछ भी कर सकता था।

शनिवार को वाँ बीवर *फ़ोर्ज-लेज़-ओ* के लिए रवाना हो गया। मैं पाँच बजे शाम को उनके होटल के सामने उन लोगों का इंतज़ार कर रहा था, जैसा कि उन्होंने मुझसे कहा था। वाँ बीवर पहले बाहर निकला। उसने मुझसे *के द ला तूरनेल* के किनारे कुछ कदम साथ चलने को कहा।

'जैकलीन पर नज़र रखने के लिए मैं आप पर भरोसा कर रहा हूँ।'

उसकी बातों ने मुझे अंचभित कर दिया। थोड़ा शर्मिन्दा-सा होकर, उसने मुझे साफ़ बताया कि कार्रतो ने एक दिन पहले उन्हें फ़ोन किया था, यह बताने के लिए कि वह उसके साथ *फ़ोर्ज-लेज़-ओ* तक गाड़ी में नहीं जा सकता, क्योंकि उसे कुछ काम था। पर कार्रतो की ऊपर से दिखने में शालीन बातों पर भरोसा नहीं करना चाहिए था, न ही उसकी झूठी आत्मीयता पर। सीधी-सी बात थी, कार्रतो उसकी ग़ैरमौजूदगी का फ़ायदा उठाना चाहता था, जैकलीन से मिलने के लिए।

तब फिर वाँ बीवर जैकलीन को अपने साथ *फ़ोर्ज-लेज़-ओ* क्यों नहीं ले जा रहा था?

उसने मुझे जवाब दिया कि अगर वह ऐसा करेगा तब कार्रतो उनसे मिलने वहाँ पहुँच जायेगा और फिर वही ढाक के तीन पात।

जैकलीन होटल से निकल कर हमारे पास आ गई।

'मैं जानती हूँ कि आप लोग कार्रतो के बारे में बात कर रहे थे,' वह बोली।

बारी-बारी से वह हम दोनों को घूर कर देख रही थी।

'मैंने इनसे तुम्हारे साथ रहने को कहा है,' वाँ बीवर बोला।

'मेहरबानी।'

हम लोग उसके साथ *पों-मारी* स्टेशन तक गये, पिछली बार की तरह। उन दोनों ने चुप्पी ओढ़ रखी थी। और मैं, अब कोई और सवाल पूछने का मन नहीं था मेरा। मैं अपनी स्वाभाविक उदासीनता के आगे हार मानने लगा था। महत्त्वपूर्ण बात यह थी कि मैं जैकलीन के साथ अकेला रहूँगा। मुझे वाँ बीवर ने यह अधिकार भी दे दिया था, उसने मुझे उसके अंगरक्षक की भूमिका सौंपी थी। इससे ज़्यादा और क्या माँग सकता था मैं?

मेट्रो की सीढ़ियाँ उतरने से पहले उसने कहा,

'मैं कल सुबह लौटने की कोशिश करूँगा।'

सीढ़ी के सबसे निचले पायदान पर, क्षण भर के लिए, वह जड़वत रहा, एकदम सतर, अपने हेर्रिन्गबोन कोट में। उसकी निगाहें जैकलीन पर ठहरी रहीं।

'अगर किसी भी समय तुम्हें मुझसे बात करने का मन करे, तुम्हारे पास *फ़ोर्ज-लेज़-ओ* के जुआघर का टेलीफ़ोन नम्बर है... '

अचानक उसके चेहरे पर एक क्लांत भाव आ गया।

उसने एक दरवाज़े को धकेला, जिसके पट्ट उसके अंदर जाने पर स्वतः बंद हो गए।

हम लोग *सैं-लुई* द्वीप पार कर रहे थे, *रीव गोश* की दिशा में। जैकलीन ने मेरी बाँह पकड़ ली थी।

'जाने कब, हम अचानक कार्रतो से टकरा जायें?'

लगा जैसे कि मेरे सवाल ने उसे ज़रा-सा क्षुब्ध कर दिया। उसने जवाब नहीं दिया।

मैं अपेक्षा कर रहा था कि वह अपने होटल की दहलीज़ पर मुझसे रुख़सत ले लेगी। लेकिन वह मुझे अपने कमरे तक ले गई। रात ढल चुकी थी। उसने अपने बिस्तर के साथ वाली छोटी मेज़ पर रखा लैम्प जलाया।

मैं उसके पास रखी कुर्सी पर बैठ गया और वह ज़मीन पर बैठ गई, पलंग से टेक लगा कर, घुटनों को बाँहों में लपेटे।

'मुझे उसकी टेलीफ़ोन कॉल की प्रतीक्षा करनी होगी,' उसने मुझसे कहा।

वह कार्रतो के बारे में बात कर रही थी। मगर क्यों वह उसके फ़ोन का इंतज़ार करने के लिए मजबूर थी?

'ओस्समान्न मार्ग पर कल आप मेरी जासूसी कर रहे थे?'

'हाँ।'

उसने एक सिगरेट जलायी। पहला कश लेते ही, वह खाँस उठी। मैं कुर्सी से उठा और ज़मीन पर उसके बगल में बैठ गया। हम दोनों ने अपनी पीठ पलंग की पाटी से टिका रखी थी। मैंने उसके हाथ से सिगरेट ले ली। धुआँ उसे रास नहीं आता था और मैं मना रहा था कि उसकी खाँसी रुक जाये।

'मैं नहीं चाहती थी कि हम लोग जेरार्र के सामने उसके बारे में बात करें... आपके सामने उसे शर्मिन्दा होना पड़ता... लेकिन मैंने आपको बताना ज़रूरी समझा कि उसे सब कुछ पता है'... वह मेरी आँखों में सीधा देखती रही अवज्ञा भरे भाव से—

'फ़िलहाल मैं इस बारे में कुछ नहीं कर सकती... हमें इस शख़्स की ज़रूरत है...'

मैं उससे एक सवाल पूछने का मन बना रहा था, लेकिन उसने छोटी मेज़ की तरफ़ हाथ बढ़ाया और लैम्प बुझा दिया। वह मेरी तरफ़ झुकी और मैंने अपनी गर्दन पर उसके होंठों का प्यार भरा स्पर्श महसूस किया।

'क्या आप नहीं चाहते कि हम लोग अभी किसी और चीज़ के बारे में सोचें?'

वह सही थी। किसे मालूम था कि भविष्य ने अपने गर्भ में कैसी मुश्किलें छुपा रखी थीं।

~

शाम सात बजे के करीब किसी ने दरवाज़ा खटखटाया और कर्कश आवाज़ में कहा, 'आपके लिए किसी का टेलीफ़ोन है।' जैकलीन बिस्तर से उठी और बगैर लैम्प जलाये, उसने मेरी बरसाती पहनी और दरवाज़ा आधा खुला छोड़ कर कमरे से निकल गयी।

टेलीफ़ोन गलियारे की दीवार पर टँगा हुआ था। मैं उसे 'हाँ' और 'न' में जवाब देते हुए सुन रहा था और यह कहते हुए भी कि 'ज़रूरी नहीं है कि आज शाम को वह आयेगी,' जैसे कि उसके साथ वार्तालाप करने वाला उसकी बात नहीं समझ रहा था या फिर वह मनुहार करवाना चाह रही थी।

उसने दरवाज़ा बन्द किया और आकर बिस्तर पर बैठ गई। इस बरसाती में वह बड़ी विचित्र लग रही थी और चूँकि वह उसके लिए बहुत बड़ा था, उसने उसकी बाँहें मोड़ रखी थीं।

'आधे घंटे में मुझे उससे मिलना है... वह मुझे लेने आयेगा... वह सोच रहा है कि मैं यहाँ अकेली हूँ...'

वह मेरे नज़दीक आई और एकदम मद्धिम आवाज़ में मुझसे बोली—

'मुझे आपसे एक मदद चाहिए...'

कार्रतो अपने दोस्तों के साथ उसे डिनर पर ले जाने वाला था। उसे सही-सही मालूम नहीं था कि शाम का अंजाम क्या होने वाला था। मुझसे वह जिस मदद की आस लगाये थी, वह यह थी कि मैं कार्रतो के आने से पहले होटल छोड़ कर चला जाऊँ। वह मुझे एक चाभी सौंपेगी। यह चाभी *ओस्समान्न* मार्ग वाले फ़्लैट की थी। वहाँ पर मैं एक सूटकेस लेने जाऊँगा, मैं उसका सूटकेस उठाऊँगा और उसे यहाँ पर, इस कमरे में लेकर आऊँगा। कितना आसान था। वह दस बजे के करीब फ़ोन करेगी मुझको, यह बताने के लिए कि मैं कहाँ पर उससे मिलने आऊँ।

'क्या था इस सूटकेस में?' उसके चेहरे पर एक लजायी-सी मुस्कान आई और वह मुझसे बोली : 'थोड़ा-सा पैसा।' इस बात से मुझे ज़्यादा आश्चर्य नहीं हुआ।

और कार्रतो की क्या प्रतिक्रिया होगी जब उसे सूटकेस नहीं मिलेगा? उसे कभी भी शक नहीं होगा कि उसका सूटकेस हमने चुराया था। निस्संदेह वह इस बात से अनजान था कि हमारे पास उसके फ़्लैट की चाभी की नकल थी। जैकलीन ने यह दूसरी चाभी *सैं-लाज़ार* स्टेशन पर 'झटपट चाभी' शॉप से बनवायी थी, जिसकी जानकारी कार्रतो को नहीं थी।

उसका 'हम' कहना मुझे अभिभूत कर गया था, क्योंकि इससे उसका मतलब था वह और मैं। फिर भी मेरा जानने का मन हुआ कि वाँ बीवर को इस मंसूबे की जानकारी थी या नहीं। हाँ। मगर उसने इस बारे में मुझसे बात करने के लिए ख़ुद से ज़्यादा जैकलीन को तरज़ीह दी। तो दरअसल मैं महज़ एक अतिरिक्त व्यक्ति था और मुझसे उनकी अपेक्षा सिर्फ़ एक किस्म की डकैती को अंजाम देने की थी। मेरी आशंकाओं को दूर करने के लिए उसने मुझसे स्पष्ट किया कि कार्रतो 'अच्छा आदमी' नहीं है और हर हालत में 'वह जैकलीन का ऋणी' है...।

'सूटकेस भारी है क्या?' मैंने उससे पूछा।

'नहीं।'

'क्योंकि मुझे मालूम नहीं है कि मेरे लिए टैक्सी लेना बेहतर होगा या मेट्रो।'

वह हैरान लग रही थी कि मैंने किसी तरह की अनिच्छा ज़ाहिर नहीं की।

'आपको मेरे लिए, यह काम करने में कोई दिक्कत तो नहीं है?'

निस्संदेह वह साथ में यह कहना चाह रही थी कि मुझे किसी तरह का कोई ख़तरा नहीं था लेकिन मुझे हौसलाअफ़ज़ाई की ज़रूरत नहीं थी। सच कहूँ तो, बचपन से मैंने अपने पिता को सामान ढोते देखा था — दोहरी तह वाले सूटकेस, झोले और चमड़े के बस्ते और यहाँ तक कि काले ब्रीफ़केस भी जो उन्हें झूठी शान का एहसास करवाते थे... और मुझे कभी पता नहीं चला कि उनके अंदर क्या रहता था।

'मैं ख़ुशी-ख़ुशी यह काम करूँगा,' मैंने उससे कहा।

वह मुस्कुरायी। उसने मेरा शुक्रिया अदा यह कहते हुए किया कि यह बस आख़िरी मौका है जब उसने मुझसे ऐसा कुछ करने को कहा है। मुझे थोड़ी निराशा हुई कि वाँ बीवर भी इसमें शामिल था लेकिन उसके अलावा मुझको वाक़ई कोई दिक्कत नहीं थी। मैं सूटकेस उठाने का आदी था।

~

अपने कमरे की दहलीज़ पर उसने चाभी दी और मुझे चूमा।

मैं सीढ़ियों से नीचे दौड़ा और *के द ला तूरनेल* पुल की दिशा में घाट को तेज़ कदमों से पार किया, मन में यह आशंका लिए कि रास्ते में कहीं कार्रतो से न टकरा जाऊँ।

मेट्रो में इस समय तक भीड़ थी। वहाँ, अन्य मुसाफ़िरों के बीच में दबा, मैं अच्छा महसूस कर रहा था। अपनी ओर ध्यान आकर्षित करने का कोई ख़तरा नहीं था।

सूटकेस के साथ लौटने पर भी, यह तय था, कि मैं फिर से मेट्रो ही लूँगा।

मीरोस्मील जाने के लिए, मैं *आव्र-कोमारतां* स्टेशन पर ट्रेन बदलने के लिए इंतज़ार कर रहा था। मेरे पास वक्त था। जैकलीन होटल में दस बजे से पहले मुझे फ़ोन नहीं करेगी। मैंने दो-तीन ट्रेन निकल जाने दीं। क्यों आख़िर, उसने यह मिशन वाँ बीवर को नहीं बल्कि मुझको सौंपा था? और क्या सच में जैकलीन ने उसे बताया था कि मैं यह सूटकेस लेने जाने वाला था? जहाँ तक जैकलीन का सवाल है, कोई कभी कुछ नहीं जान सकता था।

मेट्रो के निकास द्वार पर, मुझे डर लगा लेकिन यह डर जल्दी ही काफ़ूर हो गया। राहगीर कम थे और इमारतों की खिड़कियाँ अंधेरी थीं। ऑफ़िस जिनमें से लोग अभी-अभी बाहर निकले थे। 160 नम्बर के सामने, मैंने नज़रें ऊपर उठायीं। सिर्फ़ चौथी मंज़िल की खिड़कियों में रोशनी थी।

मैंने लॉबी की बत्ती नहीं जलाई। लिफ़्ट आहिस्ता-आहिस्ता ऊपर जा रही

थी और मेरे सिर के ऊपर, गोल बत्ती की पीली रोशनी, सीढ़ी की दीवार पर, लोहे की ग्रिल की परछाईं बना रही थी। मैंने लिफ़्ट का दरवाज़ा आधा खुला छोड़ दिया ताकि उसकी रोशनी में मुझे ताले में चाभी डालने का वक्त मिल जाये।

कमरे के दोनों दरवाज़े पूरे खुले हुए थे और सड़क की बत्ती से अन्दर उजला प्रकाश आ रहा था। मैं अंदर घुसा, बायीं तरफ़, डेन्टिस्ट की क्लिनिक में। कमरे के बीचोबीच, मरीज़ों की कुर्सियाँ, उनकी पीठ पीछे की ओर झुकाई हुई थीं, जिससे एक किस्म का दीवान बन गया था, एक तरफ़ को ज़रा उठा हुआ, जिस पर पाँव पसारे जा सकें।

लैम्प की रोशनी में, मैंने लोहे की अलमारी खोली, जो खिड़की के बगल में रखी हुई थी। सूटकेस वहीं पर था, एक रैक पर, एक साधारण टीन का बक्सा, जैसा छुट्टियों पर जाने वाले फ़ौजी ले जाते हैं।

मैंने सूटकेस लिया और ख़ुद को फिर से ड्योढ़ी पर पाया। दाँतों के डॉक्टर के कैबिनेट के सामने एक प्रतीक्षालय था। मैंने स्विच दबाया। एक झाड़फ़ानूस से रोशनी बरस गई। हरे मख़मल से मढ़ी कुर्सियाँ। एक नीची मेज़ पर, पत्रिकाओं का अम्बार था। मैंने इस बैठक को पार किया और फिर एक छोटे से कमरे में घुसा, उसमें एक पतला-सा बिस्तर था, जिसकी चादर अस्त-व्यस्त थी। मैंने पलंग के साथ की छोटी मेज़ पर रखा लैम्प जलाया।

तकिये पर एक कुर्ता लपेट कर रखा हुआ था। लकड़ी की अलमारी में हैंगर पर दो सूट लटके थे, वही स्लेटी रंग और उसी स्टाइल का, जैसा *क्यूज़ा* मार्ग पर कार्रतो ने पहना हुआ था। और खिड़की के नीचे, भूरे रंग के जूतों का एक जोड़ा, शू ट्री पर टँगा हुआ था।

तो इस तरह से, यह कार्रतो का बेड रूम था। बाँस की डलिया में मुझे रौय्याल का एक पैकेट दिखा, जैकलीन यही सिगरेट पीती थी। उसने ही इसे फेंका होगा, उस दिन रात को जब वह उसके साथ यहाँ पर आई थी।

यंत्रवत् मैंने छोटी मेज़ की दराज खोली, जहाँ नींद की गोली और एस्प्रिन के डिब्बे और पियेर्र रोब्ब, डेन्टल सर्जन, 160 *ओस्समान्न* मार्ग, *वाग्राम* के नाम के विज़िटिंग कार्ड ठूँसे हुए थे।

सूटकेस में ताला लगा हुआ था और मैं ताले में चाभी घुसेड़ने में हिचकिचा रहा था। सूटकेस भारी नहीं था। निस्संदेह उसके अन्दर बैंक के नोट के रूप में धन था। मैंने सूट की जेबों की तलाशी ली और मुझको आख़िर में एक काला पर्स मिला और इस पर्स में एक पहचान-पत्र था जो एक साल पहले, पियेर्र कार्रतो, जन्मतिथि 15 जून 1923. के नाम से *बोरदोजीरोन्द* में जारी किया गया था, निवासी 160, *ओस्समान्न* मार्ग, पेरिस।

सो कार्रतो वहाँ पर तक़रीबन एक साल से रह रहा था... और यह पियेर्र रोब्ब नामक डेन्टल सर्जन का भी निवास स्थान था। चौकीदार से सवाल पूछने के लिए बहुत देर हो चुकी थी और हाथ में यह सफ़ेद टीन का बक्सा लिए हुए मैं उसे अपना परिचय नहीं दे सकता था।

मैं बिस्तर के किनारे पर बैठ गया था और ईथर की गंध महसूस कर रहा था। मानो जैकलीन अभी-अभी कमरे से गयी थी, इससे मेरे दिल में हूक-सी उठ रही थी।

~

इमारत से बाहर निकलने से पहले मैंने चौकीदार के काँचवाले दरवाज़े पर, जहाँ पर रोशनी थी, दस्तक देने की ठानी। गहरे भूरे बालों वाले एक छोटे कद के आदमी ने आधे खुले दरवाज़े में से झाँका। वह मुझको संदेह की दृष्टि से देख रहा था।

'मैं डॉक्टर रोब्ब से मिलना चाहता हूँ,' मैंने उससे कहा।

'डॉक्टर रोब्ब फ़िलहाल पेरिस में नहीं हैं।'

'क्या आप नहीं जानते कि उनसे मैं कहाँ पर मिल सकता हूँ?'

उसका शक पहले से ज़्यादा लग रहा था और उसकी नज़रें सफ़ेद टीन के बक्से पर ठहरी रहीं जो मैंने हाथ में पकड़ रखा था।

'आपके पास उनका पता नहीं है? मैं आपको उनका पता नहीं दे सकता, जनाब। मुझे मालूम नहीं है कि आप कौन हैं।'

'मैं डॉक्टर रोब्ब का एक रिश्तेदार हूँ। मैं फ़ौज में काम करता हूँ और कुछ दिनों के लिए छुट्टी पर हूँ।'

लगा जैसे इस जानकारी से वह मेरे प्रति थोड़ा आश्वस्त हुआ।

'डॉक्टर रोब्ब अपने बहुस्त वाले घर में हैं।'

इस नाम का उच्चारण मुझको बहुत स्पष्ट नहीं लगा। मैंने उससे पूछा कि 'बहुस्त' कैसे लिखा जाता है।

'माफ़ कीजियेगा,' मैंने उससे कहा। 'लेकिन मैं सोचता था कि डॉक्टर रोब्ब अब यहाँ नहीं रहते। किरायेदारों की नाम सूची में एक और नाम है।'

और मैंने नाम सूची और कार्रतो के नाम की ओर इशारा किया।

'वह डॉक्टर रोब्ब का एक सहकर्मी है...'

फिर से उसके चेहरे पर मुझे संदेह की लकीरें दिखीं। उसने मुझसे कहा—

'फिर मिलेंगे, जनाब।'

और मेरे मुँह पर धम्म से दरवाज़ा बन्द कर दिया।

~

बाहर आकर मैंने *सैं-लाज़ार* स्टेशन तक पैदल चलने का निर्णय किया। सूटकेस वास्तव में भारी नहीं था। सड़क सूनी थी, इमारतें अंधेरी और थोड़े-थोड़े समय के बाद *एत्वाल* की दिशा में कोई गाड़ी वहाँ से गुज़र जाती थी। मैंने चौकीदार के दरवाज़े पर दस्तक देकर शायद ग़लती कर दी थी, क्योंकि वह मेरा ब्यौरा देने में कामयाब हो जायेगा। ख़ुद को दिलासा देने के लिए मैं सोच रहा था कि कार्रतो, यह प्रेत रूपी डॉक्टर रोब्ब, और 160 नम्बर का चौकीदार, इनमें से कोई भी मेरा कुछ नहीं बिगाड़ सकता। हाँ, मैंने जो किया था — एक अनजान फ़्लैट में घुस कर, एक सूटकेस उठाया था जिस पर मेरा अधिकार नहीं था, ऐसी हरकत जिससे किसी और के लिए कुछ गंभीर परिणाम हो सकते थे — मेरे लिए कुछ भी नहीं था।

मैं तुरन्त *के द ला तूरनेल* वापस नहीं जाना चाहता था। मैं स्टेशन की सीढ़ियाँ चढ़ा और प्रतीक्षालय में पहुँच गया जो 'ग़ुम नक़्शे-कदम का हॉल' के नाम से जानी जाती थी। अभी भी बहुत सारे लोग उस प्लेटफ़ॉर्म की ओर बढ़ रहे थे, जहाँ से बाहरी इलाकों की ट्रेन मिलती थीं। मैं एक बेंच पर बैठ गया, सूटकेस को पैरों के बीच दबाये। धीरे-धीरे मुझे भी महसूस होने लगा कि मैं एक मुसाफ़िर हूँ या एक फ़ौजी जो छुट्टी पर है। *सैं-लाज़ार* स्टेशन से पेरिस के बाहरी इलाकों और *नौरमौन्दी* प्रदेश के लिए ट्रेनें रवाना हो रही थीं लेकिन यही स्टेशन मुझे कहीं बहुत दूर भाग जाने का अवसर भी दे रहा था। *ल आव्र* के लिए एक टिकट खरीदूँ, कार्रतो का शहर। और *ल आव्र* में, *ओसेयान पोर्त्त* से, कहीं भी गायब हुआ जा सकता है, इतनी बड़ी दुनिया में...

क्यों स्टेशन का यह हॉल 'ग़ुम नक्शे-कदम का हॉल' कहा जाता था? शायद यहाँ पर कुछ पलों के लिए ठहरना भर काफ़ी था और फिर हर चीज़ अपने मायने खो देती थी, यहाँ तक कि आपके कदम भी।

मैं रेस्तराँ तक चल कर गया, एकदम कोने में। छज्जे पर, दो फ़ौजी जो छुट्टी पर थे, मेरे जैसा बक्सा लिये बैठे थे। अपने बक्से को खोलने के लिए मैं उनसे, उनके बक्से की छोटी-सी चाभी लगभग माँगने ही वाला था। लेकिन मुझे डर था कि एक बार खुल जाने पर, नोटों के बंडल जो उसमें संजो कर रखे थे, वे ज़रूर मेरे पड़ोसियों और ख़ास कर सादे कपड़े में किसी इंस्पेक्टर को नज़र आ जायेंगे। उनके बारे में लोगों से सुना था, मैंने 'स्टेशन पुलिस।' इन दो शब्दों ने मुझे जैकलीन और वाँ बीवर की याद दिला दी, उन्होंने मानो मुझे एक जोख़िम में डाल दिया था जिसके कारण आज के बाद से स्टेशन पुलिस का शिकार होने का ख़तरा मुझ पर मँडराता रहेगा।

मैं भोजनालय के अंदर गया और काँच की बड़ी खिड़कियों के पास लगी एक मेज़ चुनी जहाँ से एमस्टरडम मार्ग दिख रहा था। मुझे भूख नहीं लगी थी। मैंने अनार और संतरे का जूस मँगवाया। मैंने बक्से को अपने दोनों पैरों के बीच दबा रखा था। मेरी मेज़ के पास वाली मेज़ पर एक जोड़ा दबी आवाज़ में बातें कर रहा था। पुरुष के बाल गहरे भूरे थे, उम्र करीब तीस वर्ष रही होगी, गालों की हड्डी पर त्वचा फुँसीदार थी। उसने अपना कोट नहीं उतारा था। स्त्री के भी

बाल गहरे भूरे थे और उसने फ़र-कोट पहना हुआ था। उन्होंने खाना ख़त्म कर लिया था। स्त्री रौय्याल सिगरेट पी रही थी, जैकलीन की तरह। बेंच के विपरीत जहाँ पर वे बैठे थे, एक मोटा काला ब्रीफ़केस और उसी रंग का एक चमड़े का सूटकेस था। मैं सोच रहा था कि वे अभी-अभी पेरिस से वापस आये थे या कि वहाँ जा रहे थे। स्त्री ने थोड़ी स्पष्ट आवाज़ में कहा—

'हम लोग अगली वाली ट्रेन पकड़ सकते हैं।'

'वह कितने बजे है?'

'सवा दस बजे।'

'ठीक है,' पुरुष बोला।

वे दोनों एक-दूसरे को अजीब नज़रों से देख रहे थे। सवा दस। वक्त हो रहा था जब जैकलीन मुझको *के द ला तूरनेल* से फ़ोन करने वाली थी। पुरुष ने बिल चुकाया और वे दोनों उठ गये। वे मेरी मेज़ के सामने से निकले लेकिन मुझ पर उन्होंने ज़रा-सा भी ध्यान नहीं दिया।

बैरा मेरी ओर झुका—

'आपने सोच लिया?' वह मेन्यू दिखाते हुए पूछ रहा था।

'भोजनालय के इस हिस्से में लोग डिनर करते हैं... सिर्फ़ पीने के लिए मैं आपको कुछ नहीं परोस सकता...'

'मैं किसी का इंतज़ार कर रहा हूँ,' मैंने उससे कहा।

काँच की खिड़कियों के परे, अचानक मैंने पुरुष और स्त्री को एमस्टरडम मार्ग के फुटपाथ पर देखा। स्त्री ने पुरुष की बाँह पकड़ी हुई थी। वे एक होटल के अन्दर गये, बस थोड़ा नीचे। बैरा फिर से मेरी मेज़ के आगे आकर खड़ा हो गया—

'आपको तय करना होगा, मुँस्युर... मेरी ड्यूटी खत्म हो रही है...'

मैंने अपनी घड़ी देखी। सवा आठ बजे हैं। मैंने वहीं पर रुकना बेहतर समझा बजाय इसके कि बाहर जाकर ठंड में भटकूँ इसलिए मैंने भोजन की थाली मँगवा ली। भीड़ का समय निकल चुका था। सभी ने बाहरी इलाकों की

अपनी ट्रेन पकड़ ली थी।

नीचे, एमस्टरडम मार्ग पर, बुडापेस्ट चौक से पहले पड़ने वाले आख़िरी कॉफ़ी हाउस की काँच की खिड़की के पीछे काफ़ी लोग थे। वहाँ पर कैफ़े *दॉन्त* के मुकाबले रोशनी ज़्यादा पीली और ज़्यादा धुँधली थी। मुझे हमेशा से एक बात हैरान करती थी कि क्यों ये सारे लोग *सैं-लाज़ार* के इलाके में भटकते रहते हैं, फिर एक दिन पता चला कि वह पेरिस के सबसे सस्ते इलाकों में से एक था। लोग वहाँ पर ख़ुद को बस बह जाने देते थे। यहाँ पर वे हल्के से ढलान पर फिसलते रहते थे। अभी-अभी जो जोड़ा यहाँ पर था, वह इस ढलान पर फिसलने से अपने आप को रोक नहीं सका। उन्होंने ट्रेन का वक्त निकल जाने दिया, अंततः एक कमरे में सिमट जाने के लिए, जिसके परदे होटल *लीमा* की तरह काले थे लेकिन वॉलपेपर ज़्यादा गंदा था और चादरों की सलवटें उनसे पहले कमरा छोड़ कर गये लोगों की कहानी कह रही थीं। बिस्तर पर उन्होंने अपना फ़र-कोट तक नहीं उतारा हो शायद।

~

मैं खाना ख़त्म कर चुका था। मैंने बक्से को बेंच पर, अपने बगल में रख लिया और चाकू उठाया जिसके कोने को मैंने ताले में डालने की कोशिश की मगर ताला बहुत ज़्यादा छोटा था। उसे कीलों से अटका दिया गया था जिन्हें मैं चिमटे से उखाड़ सकता था। मगर इससे क्या फ़ायदा होता? मैं इंतज़ार करूँगा, *के द ला तूरनेल पर* जैकलीन के साथ होने के लिए।

मैं अकेला भी जा सकता था और उन्हें कभी भी अपनी कोई खोज-ख़बर नहीं देता, जैकलीन और वाँ बीवर को। अभी तक की मेरी इकलौती मधुर स्मृति पलायन की थी।

मेरा मन किया कि मैं कागज़ के एक पन्ने को चौकोर टुकड़ों में काट डालूँ और हर चौकोर टुकड़े पर, एक व्यक्ति और एक जगह का नाम लिख दूँ :

जैकलीन
वाँ बीवर

कार्तो
डॉक्टर रोब्ब
160, *ओस्समान्न* मार्ग, दूसरी मंज़िल
होटल *तूरनेल*, 65 *तूरनेल* घाट
होटल *लीमा*, 46 *सैं जरमाँ* मार्ग
ल क्यूजा, 22 *क्यूजा* मार्ग

कैफ़े *दॉन्त*

फ़ोर्ज-लेज़-ओ, दीयेप्प, बान्योल द ल'ओर्न, आँगियाँ, लाक-स्यूर-मेर, लाँग्रयून

ल आव्र

आती मों

इन पर्चियों को मैं ताश के पत्तों की तरह फेंटूँ और उन्हें मेज़ पर फैला दूँ। दरअसल यही तो थी, फ़िलहाल मेरी ज़िन्दगी? सो मेरी सारी हदें, इस वक़्त, इन्हीं असंगत नाम और पतों तक ही सीमित थीं जिनके बीच मैं, महज़ एक कड़ी था? और क्यों यही सारे नाम थे बजाय किन्हीं और नामों के? क्या साम्यता थी, मुझमें और इन नामों और जगहों में? मैं किसी ऐसे ख़्वाब में था, जिसमें जब ख़तरा सर पर मँडराने लगता है तब हम किसी भी पल जाग जाते हैं। अगर मैं यह तय कर लेता और इस मेज़ को छोड़ कर उठ जाता, तब सब कुछ बर्बाद हो जाता, सब कुछ शून्य में विलीन हो जाता। जो बाक़ी रह जाता, वह होता सिर्फ़ टीन का एक बक्सा और कुछ कागज़ के टुकड़े, जिन पर घसीटे अक्षरों में, लोगों और जगहों के नाम लिखे हुए थे, जिनके किसी के लिए भी कोई मायने नहीं होते।

~

मैंने फिर से प्रतीक्षालय को पार किया, करीब-करीब सुनसान था और फिर मैं प्लेटफ़ॉर्म की तरफ़ निकल गया। बड़ी तख़्ती पर मैंने सवा दस बजे वाली ट्रेन को तलाशा, वह ट्रेन जिसे कुछ देर पहले मुझे मिला जोड़ा लेने वाला था, *ल आव्र*। मुझको एहसास हो रहा था कि ये ट्रेनें कहीं नहीं पहुँचातीं और

लोग भटकते रहने के लिए अभिशप्त हैं — भोजनालय से प्रतीक्षालय तक और फिर वहाँ से गैलरी और आस-पास की गलियों में। अभी एक घंटा और काटना था। बाहरी इलाकों वाली लाइन के पास, मैं एक टेलीफ़ोन बूथ के सामने रुका। 160 *ओस्समान्न* मार्ग पर लौट कर बक्से को वापस उसकी जगह पर रख दूँ? इस तरह, सब कुछ फिर से सँवर जायेगा और मेरे पास ख़ुद को धिक्कारने की कोई वजह नहीं होगी। बूथ के अन्दर, मैंने डायरेक्टरी में नम्बर देखे क्योंकि मैं डॉक्टर रोब्ब का टेलीफ़ोन नम्बर भूल गया था। एक के बाद एक घंटी बजती रही। फ़्लैट में कोई नहीं था। *बहुस्त* में इस डॉक्टर रोब्ब को फ़ोन करके उनके सामने सब कबूल लूँ? कहाँ पर हो सकते थे, जैकलीन और कार्तो इस वक्त? मैंने फ़ोन का रिसीवर नीचे रख दिया। मुझे बेहतर लगा कि बक्से को अपने पास रखूँ और जैकलीन तक पहुँचा दूँ क्योंकि यही एकमात्र रास्ता था जिसके ज़रिये मेरा उससे वास्ता बना रह सकता था।

मैं डायरेक्टरी के पन्ने पलटता रहा। पेरिस की सड़कें, इमारतों के नम्बर और उनके बाशिंदे मेरी नज़रों के आगे घूमते रहे। मैं एक नाम पर ठहर गया, *सैं-लाज़ार* स्टेशन और मैं दंग था वहाँ भी अनेक नाम दर्ज थे :

पुलिस नेटवर्क 28 42

शायिका 44 46

कैफ़े रोम 48 30

होटल टर्मिन्यूस 36 80

गाबरीयेल देबरी, फूल, गुम नक़्शे-कदम वाला हॉल 02 47

विक्रेता गैलरी

1 बेर्नवा 45 66

5 बीदेलू और दीली 42 48

शोस्यूर जियो 44 63

सिनेयाक 80 74

19 बुर्जवा, रने 35 02

25 स्टॉप पोस्ट 45 96

25 बी नोनो–नानेत 42 62

27 डिस्कोबोल 41 43

क्या इन लोगों के साथ संपर्क स्थापित किया जा सकता था? ठीक इस समय, क्या बुर्जवा रने स्टेशन पर ही कहीं थी? प्रतीक्षालयों में से एक की काँच की दीवार के परे, मैं सिर्फ़, पुराना भूरा कोट पहने, एक आदमी को देख पा रहा था, एक बेंच पर थकान से चूर, वह सो रहा था। उसके कोट की जेब से एक अख़बार झाँक रहा था। *बेर्न्वा?*

महलनुमा सीढ़ियों से होते हुए, मैं मार्केट गैलरी में पहुँचा। सारी दुकानें बन्द थीं। एम्सटरडम प्रांगण में, कतार में खड़ी प्रतीक्षारत डीज़ल मोटरों का शोर मुझको सुनाई पड़ रहा था। मार्केट गैलरी चटकीली रोशनी से जगमगा रही थी और सहसा मुझे डर लगने लगा कि कहीं 'पुलिस नेटवर्क' के किसी इंस्पेक्टर से न टकरा जाऊँ — जैसा कि डायरेक्टरी में लिखा हुआ था। वे मुझसे सूटकेस खोलने को कहेंगे और इसलिए मुझे भागना पड़ेगा। वे आसानी से मुझे पकड़ लेंगे और मुझको पुलिस स्टेशन तक खींच कर ले जाएँगे। बड़ा बेवकूफ़ाना ख़याल था।

मैं सिनेमाघर में घुसा और टिकट खिड़की पर ढाई फ्रैंक अदा किये। प्रवेशद्वार पर, सुनहरे छोटे कटे बालों वाली परिचारिका ने अपनी छोटी टॉर्च की रोशनी में, मुझको अगली पंक्ति की तरफ़ रास्ता दिखाना चाहा, लेकिन मैंने हॉल में बिलकुल पीछे बैठना पसन्द किया। ख़बरों की तस्वीरें एक के बाद एक उभर रही थीं और स्पीकर से खड़खड़ाती–सी आवाज़ में, जिसे मैं भली–भाँति पहचानता था, टिप्पणियाँ सुनाई दे रही थीं, वही आवाज़, पिछले पच्चीस सालों से। यह आवाज़ बीते साल मैंने सिनेमा बोनापार्ट में सुनी थी जो पुरानी ख़बरों से काट–छाँट कर बनायी फ़िल्म में इस्तेमाल की गई थी।

मैंने सूटकेस को, अपनी दायीं तरफ़, सीट पर रख लिया था। मेरे सामने, मुझे सात बिखरी आकृतियाँ दिखीं, सात अकेले व्यक्ति। कमरे में ओज़ोन की

गर्माहट भरी महक तैर रही थी जो तब तक आप पर सवार रहती जब तक कि आप मेट्रो के लोहे के गेट तक न पहुँच जायें। मैं साप्ताहिक घटनाओं पर कोई ध्यान नहीं दे रहा था। हर पौन घंटे के बाद, यही छवियाँ, स्क्रीन पर आती रहेंगी, कालातीत, जैसे यह कर्ण भेदी आवाज़, मैं अचम्भे में पड़ा था कि कहीं यह आवाज़ कृत्रिम आवाज़ तो नहीं थी। उपकरणों से पैदा की गई।

तीसरी बार ख़बरें चलने लगी थीं और मैंने अपनी घड़ी देखी। साढ़े नौ बजे थे। अब मेरे आगे सिर्फ़ दो आकृतियाँ बाकी रह गई थीं। वे निस्संदेह नींद में डूबी हुई थीं। परिचारिका प्रवेशद्वार के पास, दीवार से लगी फ़ोल्डिंग कुर्सी पर विराजमान थी। मुझे कुर्सी को मोड़ने की आवाज़ — 'खटाक' — सुनाई पड़ी। मेरे ऊपर वाली कुर्सियों की कतार। लेकिन दूसरी तरफ़ वाली कतार में वह परिचारिका यूनिफ़ॉर्म पहने एक युवक को रास्ता दिखा रही थी। फिर उसने अपनी टॉर्च बुझा ली और वे दोनों बैठ गये। उनके संवाद के कुछ शब्द मुझे सुनाई पड़े। उस युवक को भी आव्र की ट्रेन पकड़नी थी। वह अब से पंद्रह दिनों के बाद पेरिस वापस आने की कोशिश करेगा। इस लड़की को अपनी वापसी की निश्चित तारीख बताने के लिए फ़ोन करेगा। वे मेरे बिलकुल नज़दीक थे। सिर्फ़ एक कतार हमें अलग कर रही थी। वे ऊँची आवाज़ में बातें कर रहे थे, जैसे कि वहाँ पर मेरी और उन दो ऊँघती परछाइयों की उपस्थिति से उन्हें कुछ फ़र्क नहीं पड़ रहा था। वे चुप हो गये। दोनों एक-दूसरे को बाँहों में जकड़े चूम रहे थे। स्क्रीन पर छवियों की समीक्षा खड़खड़ाती आवाज़ में जारी थी। हड़ताल कर्मियों का जुलूस, पेरिस में किसी प्रवासी की शवयात्रा, बमबारियाँ... मुझको तसल्ली होती अगर यह आवाज़ हमेशा के लिए बन्द हो जाती। भविष्य में होने वाली त्रासदियों पर इसी प्रकार ज़रा-सी भी संवेदना प्रकट किए बिना यह आवाज़ यूँ ही निर्विकार गूँजती रहेगी, इस ख़याल से मेरे तन-बदन में सिहरन दौड़ गई। अब परिचारिका अपने साथी के घुटनों पर बैठी हुई थी। उस पर सवार लयबद्धता से वह हिल रही थी और साथ थी कुर्सी के स्प्रिंग की चरमराहट। और कुछ ही देर में उसकी गहरी साँसों और कराहटों ने स्पीकर से आती आवाज़ को डुबो दिया था।

रोम का प्रांगण, मैंने अपनी जेबें टटोलीं, यह देखने के लिए कि मेरे पास पर्याप्त पैसे थे कि नहीं। दस फ्रैंक थे। मैं टैक्सी ले सकता था। मेट्रो के मुकाबले उससे कहीं ज़्यादा जल्दी पहुँचा जा सकता है। मेट्रो लेने पर मुझे ओपेरा स्टेशन पर ट्रेन बदलनी पड़ेगी और लम्बे गलियारों में सूटकेस उठा कर चलना होगा।

ड्राइवर सूटकेस को रखने की तैयारी कर रहा था लेकिन मैंने उसे अपने पास रखना बेहतर समझा। हम ओपेरा एवेन्यू से नीचे उतरे और घाट के साथ वाली सड़क से निकले। उस रात को पेरिस निर्जन पड़ा हुआ था, एक ऐसे शहर की तरह जिसे मैं हमेशा के लिए छोड़ कर जा रहा था। *के द ला तूरनेल* पर पहुँचते ही मुझे डर लगा कि कहीं कमरे की चाभी तो नहीं खो दी मैंने, मगर वह मेरी बरसाती की एक जेब में ही थी।

मैं रिसेप्शन के छोटे से काउन्टर के आगे से गुज़रा और मैंने उस आदमी से, जो प्रायः आधी रात तक वहीं रहता था, पूछा कि किसी ने कमरा नम्बर तीन के लिए फ़ोन तो नहीं किया था। उसने कहा कि नहीं लेकिन अभी दस बजने में दस मिनट बाकी थे।

मैं सीढ़ियाँ चढ़ गया, इससे पहले कि वह मुझसे कोई सवाल पूछता। शायद वह मुझमें और वाँ बीवर में कोई अंतर नहीं कर पाया होगा। या फिर अब वह होटल, जो जल्दी ही बन्द होने वाला था, में लोगों की आवाजाही के झंझट में उलझना न चाहता हो।

मैंने कमरे का दरवाज़ा आधा खुला छोड़ दिया ताकि अगर वह मुझको फ़ोन सुनने के लिए आवाज़ लगायें तो मैं सुन सकूँ। मैंने सूटकेस ज़मीन पर रख दिया, लिटा कर और मैं जैकलीन के बिस्तर पर लेट गया। तकिये में ईथर की ज़बरदस्त महक थी। क्या उसने फिर एक बार ईथर लिया था? क्या बाद में भी यह महक हमेशा जैकलीन से जुड़ी रहेगी?

दस बजे के बाद, मैं परेशान होने लगा : वह फ़ोन नहीं करेगी और मैं उससे अब कभी नहीं मिलूँगा। मुझे अक्सर डर लगता था कि वे लोग जो मेरे जीवन में आये हैं, कभी किसी भी पल ग़ायब हो जायेंगे और जिनकी फिर कभी कोई ख़बर नहीं मिलेगी। मैंने भी, कई बार लोगों से मिलना तय किया

है और मिलने गया नहीं और यहाँ तक कि मैंने रास्ते में किसी के साथ चलते हुए, उसकी क्षणिक बेपरवाही का फ़ायदा उठा कर, उसका साथ छोड़ दिया है। *सैंमिशेल* चौक पर, वाहनों की आवाजाही के वास्ते बना गेट, मेरे लिए अक्सर बेहद उपयोगी साबित हुआ है। एक दफ़ा अगर उसे पार कर लें तो एक आँगन से होते हुए *इरौन्देल* मार्ग पर पहुँच जाते थे। और एक छोटी काली डायरी में, मैंने उन सभी इमारतों की सूची बना रखी थी, जिनके दो दरवाज़े थे...

मुझको सीढ़ी पर किसी पुरुष की आवाज़ सुनाई दी, 'कमरा नम्बर तीन के लिए फ़ोन है।' सवा दस ही बज रहे थे मगर मैंने उम्मीद छोड़ दी थी। वह कार्रतो को धता देकर चुपके से खिसक गई थी। वह सत्रहवें जनपद में थी। उसने मुझसे पूछा कि मैं सूटकेस तो ले आया हूँ न। एक बैग में उसके कपड़े रखने थे मुझे और होटल लीमा से अपना सामान उठाना था और उसके बाद कैफ़े दॉन्त में उसकी राह देखनी थी। पर जितनी जल्दी हो सके मैं के द ला तूरनेल से निकल जाऊँ, यह बहुत ज़रूरी था क्योंकि यही पहली जगह थी जहाँ पर कार्रतो आएगा। उसने बेहद शांत स्वर में बात की थी मानो यह सारा कुछ, उसके दिमाग में पहले से तय था। मैंने दीवार में बनी अलमारी में से एक पुराना बैग निकाला और उसके अंदर — दो पतलूनें, चमड़े की जैकेट, ब्रा, ऊँची एड़ियों वाली लाल सैंडलें, ऊँचे बंद गले वाला स्वेटर और प्रसाधन की कुछ वस्तुएँ जो बेसिन के ऊपर रखी थीं, जिनमें ईथर की शीशी भी थी — यह सब ठूँस दिया। अब सिर्फ़ वाँ बीवर के कपड़े बचे थे। मैंने बत्ती जलती हुई छोड़ दी, जिससे चौकीदार को लगे कि कमरे में अभी भी कोई है और मैंने दरवाज़ा बन्द कर दिया। वाँ बीवर कितने बजे तक वापस आएगा? वह बड़े आराम से कैफ़े दॉन्त में टकरा सकता था। क्या जैकलीन ने *फ़ोर्ज-लेज़-ओ* या *दीयेप्प* फ़ोन करके उससे भी यही बात कही होगी जो मुझसे कही थी?

मैं बगैर बत्ती जलाये, सीढ़ियाँ उतरा। मुझे डर था कि इस बैग और इस सूटकेस के साथ, मैं कहीं चौकीदार का ध्यान न आकर्षित कर लूँ। वह एक अख़बार के ऊपर झुका हुआ था, लग रहा था कि क्रॉसवर्ड की गुत्थी सुलझा रहा था। उसके सामने से निकलते हुए उसे देखने से ख़ुद को रोक नहीं सका, लेकिन उसने अपना सिर भी ऊपर नहीं उठाया। *के द ला तूरनेल* पर, मुझे डर

लग रहा था कि पीछे से किसी को चीखते सुनूँगा, मुँस्युर, मुँस्युर... तुरन्त वापस आइये... और कार्रतो की गाड़ी भी अपने पास, रुकते हुए देखने का ख़ौफ़ था। मगर *बेरनारदां* मार्ग पर पहुँचते ही, मुझे तसल्ली हो गई। मैं जल्दी से ऊपर अपने कमरे में गया और जैकलीन के बैग में अपने कुछ कपड़े और दो किताबें जो बची हुई थीं, उन्हें रखा।

फिर मैं नीचे उतरा और अपना हिसाब जोड़ने लगा। रात की ड्यूटीवाले चौकीदार ने मुझसे कोई सवाल नहीं पूछा। बाहर, *सैं-जरमाँ* मार्ग पर, मुझे अपने भीतर उसी जाने-पहचाने नशे के चढ़ने का एहसास हुआ जो हर बार मैं भागते समय महसूस करता था।

मैं कोने की एक मेज़ पर बैठ गया और सूटकेस बेंच पर लिटा कर रख दिया। हॉल में कोई भी नहीं था। एक इकलौता ग्राहक, काउन्टर पर कोहनी टिकाये खड़ा था। दीवार पर, सिगरेट के पैकेटों से सजी ताक के ऊपर, दीवार घड़ी की सूइयाँ साढ़े दस बजने का संकेत दे रही थीं। मेरे बगल में, बिजली वाली पिनबॉल मशीन पहली बार खामोश थी। अब मैं निश्चिंत था कि वह मिलने के लिए आएगी।

वह अन्दर आई, लेकिन उसकी नज़रों ने एकदम से मुझे तलाशा नहीं। वह काउन्टर तक सिगरेट खरीदने के लिए गई और बेंच पर बैठ गई। उसका ध्यान सूटकेस की तरफ़ गया, फिर उसने मेज़ पर कोहनियाँ टिका दीं और एक लम्बी आह भरी।

'मैं उससे छुटकारा पाने में कामयाब हो गई,' उसने मुझसे कहा।

वे लोग पेरेर चौक के नज़दीक किसी रेस्तराँ में रात का खाना खा रहे थे, जैकलीन, कार्रतो और एक अन्य जोड़ा। वह चाह रही थी कि खाना खत्म होने से कुछ देर पहले वह भाग निकले, लेकिन रेस्तराँ के छज्जे से, उसे टैक्सी स्टैंड या मेट्रो के मुहाने की ओर बढ़ते देख लिए जाने का खतरा था।

वे सभी रेस्तराँ छोड़ कर निकल चुके थे और उसे उनके साथ टैक्सी में चढ़ना पड़ा। वे उसे वहाँ से एकदम नज़दीक किसी होटल के शराबख़ाने, जिसका नाम ले मार्रोनिये था, वहाँ तक ले गये थे, एक आख़िरी जाम पीने के लिए। और इसी ले मार्रोनिये से वह चुपके से खिसककर निकल आई थी। जैसे ही आज़ाद हवा में आई, कूरसेल्ल मार्ग के एक कॉफ़ी हाउस से उसने मुझे फ़ोन किया था।

जैकलीन ने एक सिगरेट जलाई और खाँसना शुरू कर दिया। उसने मेरे हाथ पर अपना हाथ रखा, जैसा मैंने उसे *क्यूजा* मार्ग पर वाँ बीवर के साथ करते देखा था और उसका खाँसना जारी रहा, वही बुरी वाली खाँसी।

मैंने उसके हाथ से सिगरेट ली और उसे राखदानी में मसल दिया। वह मुझसे बोली—

'हम दोनों के लिए पेरिस छोड़ना ज़रूरी है... आपको मंज़ूर है?'

बेशक मुझको मंज़ूर था।

'आप कहाँ जाना पसन्द करेंगी?' मैंने पूछा।

'कहीं भी।'

गार द लियों (स्टेशन) एकदम करीब था। बस घाट के किनारे चलते-चलते *जारदां दे प्लॉन्त* तक जाना था और सेन नदी को पार करना था। हम दोनों ने तलहटी को छू लिया था, ... छू लिया था, उसने भी और मैंने भी, और सतह पर वापस आने के लिए देर भी तो बस कीचड़ में एक ठोकर मारने की। वहाँ, *ले मार्रोनिये* में, कार्रतो जैकलीन के ग़ायब हो जाने से परेशान होने लगा होगा। वाँ बीवर शायद अभी तक *दीयेप्प* या *.फ़ोर्ज-लेज़-ओ* में होगा।

'और जेरार्र, हम उसका इंतज़ार नहीं करेंगे?' मैंने उससे पूछा।

उसने सिर हिलाकर इशारे से मना किया और उसके चेहरे के नैन-नक्श में सिकुड़न हुई। वह फूट कर रो पड़ने वाली थी। मैं समझ गया कि वह चाहती थी कि हम दोनों यहाँ से चले जायें, क्योंकि वह अपने जीवन के इस हिस्से से जुड़े सारे सरोकार तोड़ लेना चाहती थी। और मैं भी, उन उदास और द्वन्द्व भरे वर्षों को अपने पीछे छोड़े जा रहा था जिन्हें अब तक मैंने जिया था।

मेरा मन किया कि फिर से उससे कहूँ कि जेरार्र के लिए रुकना चाहिए। लेकिन मैं चुप हो गया। हेर्रिन्गबोन कोट पहने एक साया शायद इस साल की सर्दियों में हमेशा के लिए पथरा जाएगा। मेरी स्मृति में वे शब्द बार-बार आते रहेंगे। और स्लेटी सूट में काले बालों वाला एक आदमी जिससे आते-जाते बस

आकस्मिक भेंट हुई थी, जान भी नहीं पाया कि वह दाँतों का डॉक्टर था कि नहीं। और मेरे माता-पिता के धुँधले पड़ते चेहरे।

मैंने अपनी बरसाती की जेब से *ओस्समान्न* मार्ग वाले फ़्लैट की चाभी निकाली, जो उसने मुझे सौंपी थी और उसको मेज़ पर रख दिया।

'इसका क्या करें?'

'यादगार के तौर पर रख लेते हैं।'

अब काउन्टर पर कोई ग्राहक नहीं था। हमारे गिर्द, ख़ामोशी में मुझको नियोन की चटचटाहट सुनाई दे रही थी। उससे ऐसी रोशनी निकल रही थी जो खिड़कियों के अंधेरे को काट रही थी, एक बेहद चटकीली रोशनी, आने वाले वसन्त और ग्रीष्म के वादे की तरह।

'हमें दक्षिण की तरफ़ निकल जाना होगा...'

'दक्षिण,' इस शब्द के उच्चारण से मुझे एक सुख की अनुभूति हुई। उस शाम, इस सुनसान हॉल में, नियोन की रोशनी के तले, ज़िन्दगी अब ज़रा भी बोझिल नहीं रह गई थी और पलायन कर जाना कितना आसान हो गया था... आधी रात बीत गई थी। कॉफ़ी हाउस का मालिक हमारी ओर चल कर आया, हमसे कहने के लिए कि कैफ़े *दॉन्त* के बंद होने का वक्त हो गया है।

सूटकेस में हमें बैंक के नोटों की दो पतली गड्डियाँ, दस्तानों का एक जोड़ा, दाँतों की सर्जरी को समर्पित कुछ किताबें और एक स्टेप्लर मिला। जैकलीन पतली-पतली गड्डियाँ देख कर थोड़ी मायूस लगी।

हमने तय किया कि हम लंदन होते हुए मार्योका और दक्षिण की तरफ़ पहुँचेंगे। हमने सूटकेस को गार *द्यू नॉर* के अमानती सामानघर में छोड़ दिया।

अभी एक घंटा और, स्टेशन के भोजनालय में ट्रेन का इंतज़ार करना था। मैंने एक लिफ़ाफ़ा और एक टिकट खरीदा और अमानती सामानघर की पर्ची कार्रतो को, 160, *ओस्समान्न* मार्ग पर भेज दी। साथ में दो शब्द लिखे, इस वादे के साथ कि आने वाले *वक़्त* में बहुत जल्दी उसके पैसे उसे वापस कर दूँगा।

लंदन में, उन दिनों, किसी होटल में ठहरने के लिए बालिग और शादीशुदा होना, ज़रूरी होता था। आख़िरकार हम लोग ब्लूम्सबरी में एक किस्म के गेस्ट हाउस में पहुँचे जहाँ की मालकिन ने हमें भाई-बहन समझने का ढोंग किया। उसने हमें एक कमरा दिया जो धूम्रपान कक्ष या वाचनालय की तरह इस्तेमाल किया जाता था और वह तीन सोफ़ों तथा एक किताबों की अलमारी से सुसज्जित था। हम लोग वहाँ सिर्फ़ पाँच दिनों तक ही रह सके, वह भी अग्रिम पेशगी देने की शर्त पर।

फिर उसके बाद, एक-एक करके हम दोनों ने रिसेप्शन पर जाकर बात की, जैसे कि हम एक-दूसरे को जानते ही नहीं थे और कम्बरलैंड में, हमें दो कमरे मिलने में कामयाबी हासिल हुई, जिसके आगे वाले विशालकाय हिस्से से मार्बल आर्च दिखता था। लेकिन वहाँ से भी, हम तीन दिन के बाद निकल गये, क्योंकि गेस्ट हाउस वालों को पता चल गया था कि हम उनकी आँखों में धूल झोंक रहे थे।

हमें ज़रा भी अंदाज़ा नहीं था कि हम रात कहाँ गुज़ारेंगे। मार्बल आर्च के बाद, हम लोग सीधे निकल गये और हाइड पार्क के किनारे-किनारे होते हुए ससेक्स गार्डन्स पहुँचे, एक चौड़ी-सी सड़क पर, जो पैडिंग्टन स्टेशन की तरफ़ जाती थी। बायीं ओर के फुटपाथ पर कतार में कई छोटे होटल थे। हमने उनमें से एक को चुन लिया और इस बार, होटलवालों ने हमारे दस्तावेज़ तक नहीं माँगे।

एक नियत समय पर शंकायें हम पर हावी हो जाती थीं, रात को ससेक्स गार्डन्स में वापसी के दौरान होटल के रास्ते में, फिर से उस कमरे में होने के ख़याल से जहाँ हम लोग भगोड़ों की तरह रह रहे थे, वह भी तब तक जब तक वहाँ का मालिक हमें रहने की इजाज़त देता।

होटल की दहलीज़ लाँघने से पहले, हम लोग ससेक्स गार्डन्स के कई चक्कर काटते। हम दोनों में से किसी का भी पेरिस लौटने का मन नहीं था। इसके बाद से, हमारा *के द ला तूरनेल* या *कार्रतिये लाताँ* में रहना वर्जित हो गया था। बेशक, पेरिस बड़ा शहर है और हम लोग मुहल्ला बदल सकते थे, जेरार वाँ बीवर या कार्रतो के मिलने के ख़तरे के बगैर। लेकिन बेहतर था कि पलट कर वापस न जाया जाए।

लिंडा, पीटर रैचमैन और माइकल सावुन्डरा से परिचय होने से पहले कितना वक्त गुज़र चुका था? शायद पंद्रह दिन। पंद्रह अंतहीन दिन जिस दौरान बारिश होती रही थी। फफूँदों के दाग सहित वॉलपेपर लगे इस कमरे से निजात पाने के लिए, हम सिनेमा चले जाते थे। फिर हम चलते रहते थे और हमेशा ऑक्सफ़ोर्ड स्ट्रीट पर ही। हम लोग ब्लूम्सबरी पहुँच जाते थे, गेस्ट हाउस वाली सड़क पर, जहाँ हमने लंदन में पहली रात गुज़ारी थी। और फिर से, हम उल्टी दिशा में, ऑक्सफ़ोर्ड स्ट्रीट पर चल पड़ते थे।

हम होटल वापसी का वक़्त टालने की कोशिश करते थे। इस बरसात में हम लोग पैदल चल नहीं पाते थे। बहरहाल हमारे पास तब भी सिनेमा के एक और शो में बैठने या फिर किसी बड़ी दुकान या किसी कॉफ़ी हाउस में

घुसने का उपाय तो था ही। मगर उसके बाद वापस जाने का मन बनाना ही पड़ता था।

~

एक दिन दोपहर की अंतिम घड़ियों में जब हमने और आगे तक जाने का जोख़िम उठाया, टेम्स नदी के दूसरे किनारे तक, मैंने महसूस किया कि घबराहट मुझ पर हावी होती जा रही है। यह दफ़्तरों की छुट्टी का समय था और शहर की सरहद के बाशिंदों का हुजूम स्टेशन की तरफ़ बढ़ता हुआ वॉटरलू पुल को पार कर रहा था। हम लोग पुल पर उल्टी दिशा में चल रहे थे जिससे मुझे डर लगा कि हम बहाव के विरुद्ध न बह जायें। लेकिन ऐसा नहीं हुआ। हम, ट्रैफ़लगर स्क्वेयर में एक बेंच पर बैठ गये। रास्ते भर, हमने एक-दूसरे से एक शब्द भी नहीं कहा।

'कोई परेशानी है क्या?' जैकलीन ने मुझसे पूछा। 'तुम एकदम पीले पड़ गये हो...'

वह मुझे देखकर मुस्कुरा रही थी। मैं महसूस कर रहा था कि वह अपना धैर्य बाँधे रखने के लिए पूरा ज़ोर लगा रही थी। ऑक्सफ़ोर्ड स्ट्रीट की भीड़ में फिर से चलते हुए होटल तक वापस जाने का ख़याल मुझे विह्वल कर रहा था। मेरी हिम्मत नहीं हो रही थी उससे पूछने की कि क्या उसे भी ऐसी ही शंका ने जकड़ रखा था। मैंने कहा—

'तुम्हें नहीं लगता कि यह शहर बहुत बड़ा है?'

मैंने भी कोशिश की मुस्कुराने की। वह भौहें सिकोड़ते हुए मुझे गौर से देख रही थी।

'यह शहर बहुत ही ज़्यादा बड़ा है और हम किसी को नहीं जानते...'

मेरी आवाज़ में मायूसी थी। मेरे मुँह से अब एक भी शब्द नहीं निकल पा रहा था।

उसने एक सिगरेट जला ली थी। वह अपनी वही पतली चमड़े की जैकेट

पहने हुए थी और थोड़ा-सा खाँस रही थी, जैसे पेरिस में करती थी। मुझे *के द ला तूरनेल, ओस्समान्न* मार्ग और *सैं-लाज़ार* स्टेशन की याद आ रही थी।

'पेरिस में सब कुछ ज़्यादा आसान था...'

पर मैं इतने धीमे से बोला था और सोच रहा था कि उसने मेरी बात सुनी भी है या नहीं। वह अपने ख़यालों में डूबी हुई थी। उसे मेरी मौजूदगी का एहसास नहीं रहा था। हमारे आगे, एक लाल रंग का टेलीफ़ोन बूथ था, जहाँ से एक स्त्री अभी-अभी बाहर निकली थी।

'अफ़सोस कि हमारे पास फ़ोन करने के लिए कोई नहीं है...' मैंने उससे कहा।

वह मेरी ओर मुड़ी और मेरी बाँह पर अपना हाथ रखा। उसने अपनी हताशा पर काबू पा लिया था जो कुछ देर पहले उसने ज़रूर महसूस की होगी, जब हम लोग, स्ट्रैण्ड के साथ-साथ ट्रैफ़लगर स्क्वेयर की तरफ़ जा रहे थे।

'मार्योका जाने के लिए बस थोड़े से पैसों की ज़रूरत है...'

वह इस विचार से ग्रस्त थी, जब से मैं उसे जानता था और लिफ़ाफ़े पर वह पता देखा था।

'मार्योका में, हम लोग चैन से रहेंगे। तुम अपनी किताबें लिख सकोगे...'

एक दिन, मैंने उसे बताया था कि मैं भविष्य में किताबें लिखना पसन्द करूँगा, लेकिन हमने फिर कभी इस विषय पर बात नहीं की थी। शायद वह यह बात मुझे दिलासा देने के लिए कह रही थी। यक़ीनन, उसमें मुझसे कहीं ज़्यादा धैर्य था।

हालाँकि मैं, जानना चाहता था कि वह किस विधि से पैसे जुटाने की सोच रही थी। वह हिचकी नहीं।

'सिर्फ़ शहरों में ही हम पैसे बना सकते हैं... सोचो अगर हम कहीं निरे देहात के वीराने में फँसे होते...'

बिलकुल, वह सही थी। अचानक ट्रैफ़लगर स्क्वेयर मुझको अपना सा लगने लगा। मैं झरनों से बहते पानी को देखने लगा और उससे मुझे सुकून मिलने

लगा। हम लोग इस शहर में रहने और ऑक्सफ़ोर्ड स्ट्रीट की भीड़ में खो जाने के लिए अभिशप्त नहीं थे। हमारा एक सीधा-सा मकसद था — मार्योका जाने के लिए थोड़े से पैसे जुटाने थे। यह वाँ बीवर के जुए में जीत के नुसख़े जैसा था। हमारे इर्द-गिर्द इतनी सड़कें और चौराहे थे कि हमारे लिए अनगिनत मौके थे और इसे हम एक ख़ूबसूरत इत्तफ़ाक में बदल देने वाले थे।

~

अब, हम लोग ऑक्सफ़ोर्ड स्ट्रीट और बीच शहर में नहीं जाते थे, बल्कि हमेशा पश्चिम दिशा में, हॉलैंड पार्क और केन्सिंग्टन की तरफ़ चलते रहते थे।

एक दिन दोपहर में, हॉलैंड पार्क के मेट्रो स्टेशन पर हमने एक फ़ोटो बूथ पर अपनी तस्वीरें खिंचवाईं। एक-दूसरे से अपने चेहरे सटा कर। इस स्मृति को मैंने सँभाल कर रख लिया। जैकलीन का चेहरा आगे था, और मेरा, ज़रा पृष्ठभूमि में तस्वीर के किनारे से कट गया था, इतना कि मेरा बायाँ कान नहीं दिख रहा था। फ़्लैश चमकने के बाद हम पागलों की तरह हँसे और वह केबिन में मेरे घुटनों पर ही बैठी रहना चाहती थी। उसके बाद हम हॉलैंड पार्क के साथ वाली सड़क पर, पोर्टिको वाले सफ़ेद मकानों के साथ-साथ चल पड़े। जब से हम लंदन आए थे तब से, पहली बार आज धूप खिली थी और मुझे लगता है कि उस दोपहर के बाद से, मौसम हमेशा खुशग़वार और गर्म रहा, बेमौसम गर्मी।

नौटिंग हिल गेट के एक कॉफ़ी हाउस में, दोपहर के भोजन के वक्त, हमारी जान–पहचान किसी लिंडा जेकबसन से हुई। उसी ने पहल की हमसे बात करने की। हमारी उम्र की, काले और लम्बे बालों वाली लड़की, गालों की हड्डी ऊँची और नीली आँखें।

वह जानना चाहती थी कि हम फ्राँस के किस हिस्से के रहने वाले हैं। वह आहिस्ता–आहिस्ता बोल रही थी, मानो हर शब्द पर अटक रही हो, जिससे उसके साथ अंग्रेज़ी में बात करने में आसानी हो रही थी। उसे यह जानकर आश्चर्य हुआ कि हम लोग ससेक्स गार्डन्स के उन संदिग्ध होटलों में से एक में रह रहे थे। पर हमने उसे समझाया कि हमारे पास कोई और रास्ता नहीं था, क्योंकि हम दोनों नाबालिग थे।

अगले दिन, हमें वह उसी जगह पर फिर से मिली और हमारी मेज़ पर बैठ गई। उसने हमसे पूछा कि क्या हम लंदन में लम्बे समय तक रहने वाले हैं। मुझे घोर आश्चर्य हुआ जब जैकलीन ने उससे कहा कि हमारा वहाँ पर कई महीनों तक रहने का और यहाँ तक कि काम ढूँढने का भी इरादा है।

'तब तो आप इस होटल में नहीं रह सकते...'

हर रात, हमारा मन करता था कि उस होटल को छोड़ कर चले जायें, कमरे में तैरती बदबू की वजह से जिसे मैं नज़रअन्दाज़ करता था कि वह किसी नाले की थी, रसोई की या सड़े कालीन की। सुबह हम लोग हाइड पार्क में लम्बी सैर पर निकल जाते थे, इस बदबू से निजात पाने के लिए जो हमारे कपड़ों में बस जाती थी। यह गंध उड़ जाती थी, लेकिन दिन में वह फिर से आने लगती थी और मैं जैकलीन से पूछता था—

'तुम्हें बदबू आ रही है?'

मैं इस ख़याल से हतोत्साहित हो जाता था कि यह बदबू ताज़िन्दगी हमारा पीछा करेगी।

~

'सबसे ख़राब चीज़ जो है,' जैकलीन ने उससे कहा, 'वह है होटल की बदबू...'

जैकलीन की बात का मैं जितना बढ़िया अनुवाद कर सकता था मैंने किया और आखिरकार लिंडा को समझ में आ गया। उसने हमसे पूछा कि हमारे पास कुछ पैसे हैं या नहीं। सूटकेस वाली दो पतली गड्डियों में से सिर्फ़ एक ही बची थी हमारे पास।

'ज़्यादा नहीं,' मैंने कहा।

वह बारी-बारी से हमें देख रही थी। हमें देखते हुए मुस्कुरा रही थी। हर बार, जब लोग हमारे प्रति उदार होते थे तब मुझको हैरानगी होती थी। काफ़ी वक़्त गुज़र जाने के बाद, जूतों के एक डिब्बे जिसमें पुरानी चिट्ठियाँ भरी हुई थीं, उनकी तह में, हॉलैंड पार्क की फ़ोटो बूथ वाली हमारी तस्वीर मिली और हम दोनों के चेहरों की मासूमियत ने मुझे झकझोर दिया। हम, लोगों के मन में विश्वास जगाते थे। और कोई ख़ास ख़ूबी नहीं थी हममें, सिवाय इसके जो जवानी हर किसी को बख़्शती है, किसी झूठे वादे की तरह जिसको कभी पूरा नहीं किया जाता।

'मेरा एक दोस्त है जो आपकी मदद कर सके शायद,' लिंडा ने हमसे कहा। 'मैं आपको कल उससे मिलवाऊँगी।' वह अक्सर उसे मिलने के लिए इस कॉफ़ी हाउस में बुलाती थी। वह इस कॉफ़ी हाउस के बहुत नज़दीक में रहती थी और उसका दोस्त, उसका दफ़्तर थोड़ा और आगे वेस्टबोर्न ग्रोव में था, उन दो सिनेमाघरों वाली सड़क पर, जहाँ मैं और जैकलीन जाया करते थे। हम लोग वहाँ आख़िरी शो में जाते थे, होटल देर से वापस लौटने के लिए और हमें ज़रा भी फ़र्क नहीं पड़ता था कि हर शाम वहाँ पर एक ही फ़िल्म कई-कई बार देखनी पड़ती थी।

अगले दिन, दोपहर के करीब, हम लोग लिंडा के साथ थे, जब पीटर रैचमैन कॉफ़ी हाउस के अन्दर आया। वह हमारी मेज़ पर बैठ गया, बगैर हमें सलाम किये। वह सिगार पी रहा था और उसकी राख जैकेट की कोर पर गिरा रहा था।

मैं उसकी कद–काठी देखकर हैरान था। वह मुझे बूढ़ा लग रहा था, जबकि उसकी उम्र चालीस साल से ज़्यादा की नहीं थी। वह औसत कद का था, खासा तगड़ा, गोल चेहरा, सिर के बाल उड़े हुए थे और वह सींघ की कमानी वाला चश्मा पहने हुए था। उसके बच्चे जैसे हाथ उसकी तगड़ी काठी के साथ मेल नहीं खा रहे थे।

लिंडा ने उसे हमारे हालात का ब्यौरा दिया, लेकिन वह इतनी जल्दी–जल्दी बोल रही थी कि मैं समझ नहीं पा रहा था। वह अपनी सिकुड़ी आँखें जैकलीन पर टिका रहा था। कुछ–कुछ देर पर, वह आकुलता से अपने सिगार से कश खींच रहा था और लिंडा के चेहरे पर उसका धुआँ छोड़ रहा था।

वह चुप हो गई और रैचमैन ने हमारी तरफ़ एक मुस्कान बिखेरी। हालाँकि उसकी नज़रों में अभी भी ठंडापन था। उसने पूछा कि ससेक्स गार्डन्स में जहाँ हम रह रहे थे, उस होटल का नाम क्या था। मैंने उससे कहा, 'द रैडनर।' वह ठहाका लगाकर हँस पड़ा।

'वहाँ का हिसाब चुकता करने की कोई ज़रूरत नहीं है... मैं ही हूँ उसका मालिक... आप मेरी तरफ़ से, रिसेप्शनिस्ट से कह दीजिएगा कि आपके लिए, रहना मुफ़्त है...'

वह जैकलीन की तरफ़ मुड़ा—

'ऐसा कैसे हो सकता है कि इतनी ख़ूबसूरत लड़की 'द रैडनर' में रहे?'

उसने बहुत कोशिश की थी कि यह बात नफ़ासत से कहे पर बात करते हुए उसे हँसी आ गई।

'आप होटल व्यवसाय में हैं?'

उसने मेरी बात का जवाब नहीं दिया। एक बार फिर उसने अपने सिगार का धुआँ लिंडा के मुँह पर छोड़ा, अपने कंधे उचकाये और कहा—

'फ़िक्र मत कीजिए...'

ये शब्द वह बार-बार दोहरा रहा था जैसे अपने-आप से यह बात कह रहा हो। वह फ़ोन करने के लिए उठा। लिंडा को महसूस हुआ कि हम लोग थोड़े चकराये हुए हैं और उसने हमें कुछ बातें समझाने की कोशिश की। यह पीटर रैचमैन रिहायशी मकानों की खरीद और बिक्री का काम करता था। उन्हें रिहायशी मकान कहना अतिशयोक्ति होगी, क्योंकि वे महज़ कुछ जर्जर कोठरियाँ और बस्ती की झोपड़ियाँ थीं, जिनमें से ज़्यादातर आस-पास के इलाके में ही थीं और कुछ बेज़वाटर और नौटिंग हिल मुहल्लों में। उसे पीटर रैचमैन के धंधे के बारे में ज़्यादा कुछ समझ में नहीं आता था। मगर इस निर्दयी आवरण के पीछे — उसने शुरुआत में ही हमें बताना ज़रूरी समझा — 'वह एक बेहद प्यारा इन्सान है।'

रैचमैन की जागुआर कार थोड़ी दूर पर खड़ी थी। लिंडा आगे वाली सीट पर बैठ गई। वह हमारी ओर मुड़ी—

'आप मेरे घर में रहने के लिए आ सकते हैं, जब तक कि पीटर आप लोगों के लिए कोई और जगह न ढूँढ दे...'

उसने इंजन चालू किया और केन्सिंग्टन गार्डन्स के किनारे-किनारे चलने लगा। फिर उसने ससेक्स गार्डन्स का रास्ता पकड़ लिया। होटल रैडनर के आगे वह रुक गया।

'जाकर अपना सामान बाँध लीजिए,' उसने हमसे कहा। 'और याद रखिएगा, हिसाब नहीं चुकाना है...'

रिसेप्शन पर कोई नहीं था। मैंने अपने कमरे की चाभी खूँटी पर से उतारी। जब से हम यहाँ रह रहे थे, अपने कपड़े बैग में ही छोड़ देते थे। मैंने बैग उठाया और हम लोग तुरन्त नीचे उतर आये। रैचमैन, मुँह में सिगार दबाये, जैकेट की जेबों में हाथ घुसाये, होटल के सामने चहलकदमी कर रहा था।

'रैडनर छोड़ कर खुश हैं?'

उसने अपनी जागुआर कार की डिक्की खोली और मैंने उसमें अपना बैग रख दिया। इंजन चालू करने से पहले, उसने लिंडा से कहा—

'मुझे थोड़ी देर के लिए लीडो जाना होगा। उसके बाद, मैं आपको ले चलूँगा...'

मैं अभी भी होटल की गंदी बदबू महसूस कर रहा था और मैंने सोचा कि जाने कितने और दिन गुज़रने के बाद यह बदबू हमारी ज़िन्दगी से हमेशा के लिए ग़ायब होगी। लीडो, हाइड पार्क में सर्पेन्टाइन पर, एक स्वीमिंग पूल था। रैचमैन ने काउन्टर से चार टिकट खरीदे।

'बड़ा अजीब है... यह पेरिस के *देलीन्यी* स्वीमिंग पूल से मिलता-जुलता है,' मैंने जैकलीन से कहा।

मगर एक बार अन्दर जाने पर, हम एक किस्म के नदी के तट पर पहुँचे, जिसके किनारे पर कुछ कुर्सियाँ और छतरी सहित मेज़ें लगी थीं। रैचमैन ने छाया में रखी एक मेज़ को चुना। उसके मुँह में अभी भी सिगार था। हम लोग बैठ गये। एक सफ़ेद रूमाल से वह अपना माथा और गर्दन पोंछ रहा था। वह जैकलीन की ओर मुड़ा—

'आप नहा लीजिए अगर मन है तो...'

'मेरे पास स्वीमिंग सूट नहीं है,' जैकलीन बोली।

'वह तो मिल जाएगा... मैं किसी को भेजता हूँ आपके लिए स्वीमिंग सूट लाने के लिए...'

'ज़हमत उठाने की ज़रूरत नहीं है,' लिंडा ने रूखी आवाज़ में कहा।

'उसका नहाने का मन नहीं है।' रैचमैन ने अपना सिर झुका लिया। वह अभी भी अपना माथा और गर्दन पोंछ रहा था।

'आप कुछ ठंडा पीना चाहेंगे?' उसने प्रस्ताव दिया।

फिर, लिंडा से मुखातिब हुआ—

'सावुन्डरा के साथ मेरी मुलाकात तय है।'

इस नाम से मेरे ज़ेहन में एक मोहक रूपरेखा उभरी और मैं अपनी मेज़ की तरफ़ साड़ी पहने किसी हिन्दू स्त्री को आता देखने की उम्मीद कर रहा था।

~

मगर यह सुनहरे बालों वाला एक तीस वर्षीय पुरुष था जो हमारी ओर हाथ हिला रहा था और उसने आकर रैचमैन के कंधे पर थपकी दी। फिर जैकलीन को और मुझको अपना परिचय दिया—

'माइकल सावुन्डरा।'

लिंडा ने उसे बताया कि हम लोग फ्राँसीसी हैं। वह साथ वाली मेज़ से एक कुर्सी लाने के लिए गया और रैचमैन के बगल में बैठ गया।

'और? कुछ नयी-ताज़ी?' रैचमैन ने अपनी छोटी-छोटी आँखों से उसे घूरते हुए पूछा।

'मैंने स्क्रिप्ट पर थोड़ा और काम किया है... हम देखेंगे...'

'हाँ... जैसा कि आप कह रहे हैं, हम देखेंगे।'

रैचमैन की आवाज़ में संदेह था। सावुन्डरा ने अपनी बाँहें बाँधी हुई थीं और उसकी नज़रें जैकलीन और मुझ पर ठहरी हुई थीं।

'आप लोग लंदन में बहुत दिनों से हैं?' उसने फ्रेंच में पूछा।

'तीन हफ़्तों से,' मैंने उससे कहा।

वह जैकलीन से बहुत प्रभावित लग रहा था।

'मैं कुछ दिन पेरिस में रहा हूँ,' उसने अपनी टूटी-फूटी फ्रेंच में कहा। 'सेन मार्ग पर, होटल *लुज़ियान* में... मैंने पेरिस में एक फ़िल्म बनाने की कोशिश की थी...'

'बदकिस्मती से, बात बनी नहीं,' रैचमैन ने उसी तिरस्कार वाली आवाज़ में कहा और मैं दंग था कि उसने फ्रेंच में कही बात समझ ली थी। हमारे बीच एक पल को ख़ामोशी रही।

'लेकिन मुझे यकीन है कि इस बार काम हो जाएगा,' लिंडा ने कहा। 'हैं ना, पीटर?'

रैचमैन ने कंधे उचकाये। शर्मिन्दा, सावुन्डरा ने फ्रेंच में ही जैकलीन से पूछा—

'आप पेरिस में रहती हैं?'

'जी,' मैंने कहा, इससे पहले कि जैकलीन को जवाब देने का मौका मिलता। 'होटल *द ला लुज़ियान* से ज़्यादा दूर नहीं।'

जैकलीन की नज़र मुझसे टकरायी। उसने मुझे आँख मारी। यकायक मैं होटल *द ला लुज़ियान* पहुँचने, सेन नदी और उसके किनारे पर पुरानी किताबों के स्टॉल के आगे से गुज़रते हुए *के द ला तूरनेल* तक जाने के लिए लालायित हो उठा। क्यों अकस्मात् मुझे पेरिस की याद आ गई?

रैचमैन ने सावुन्डरा से एक सवाल पूछा, जिसका उसने बड़ी हड़बड़ाहट में जवाब दिया। लिंडा इस वार्तालाप में शामिल थी। लेकिन मैं उनकी बातें समझने की कोशिश नहीं कर रहा था और मैं देख रहा था कि जैकलीन भी उनकी बातों पर ज़रा भी ध्यान नहीं दे रही थी। यह दिन का वह समय था जब अक्सर हमें नींद आने लगती थी, क्योंकि होटल रैडनर में हम अच्छे से सो नहीं पाते थे कभी, रात भर में, मुश्किल से चार या पाँच घंटे। चूँकि हम सुबह तड़के निकल जाते थे और फिर बहुत देर से लौटते थे, लेकिन हम लोग दोपहर में हाइड पार्क की घास पर झपकी ले लेते थे।

उन लोगों का बातें करना जारी था। थोड़ी-थोड़ी देर में, जैकलीन को झपकी आ रही थी और मुझे भी, मुझे डर था कि कहीं नींद न आ जाये। मगर हम दोनों मेज़ के नीचे एक-दूसरे से पाँव से ठोकर मार रहे थे, जब हमें महसूस होने लगता था कि हममें से एक नींद के आग़ोश में डूब जाएगा।

मैंने थोड़ी देर के लिए ज़रूर झपकी ली होगी क्योंकि उनकी बातों की फुसफुसाहट, पानी में डुबकी लगाने की आवाज़ और वहाँ से आती खिलखिलाहटें सब घुल-मिल रहा था। कहाँ पर थे हम? मार्न के किनारे या आँगियाँ की झील पर? यह जगह लीडो जैसी लग रही थी, *शेनवियेर* वाली या स्पोर्टिंग *द ला वारेन्न* जैसी। आज शाम को, हम लोग वापस पेरिस जाएँगे, मैं और जैकलीन, वैंसेन्न वाली ट्रेन से।

कोई मेरे कंधे पर ज़ोर से थपकी दे रहा था। वह रैचमैन था।

'थक गये?'

मेरे सामने बैठी जैकलीन जी-जान से अपनी आँखें खुली रखने की कोशिश कर रही थी।

'आप मेरे होटल में शायद ठीक से सो नहीं पाये होंगे,' रैचमैन बोला।

'आप लोग कहाँ पर थे?'

'एक ऐसी जगह पर जो होटल *द ला लुज़ियान* से बेहद कम आरामदायक है,' मैंने उससे कहा।

'ख़ुशकिस्मती से मेरी इनसे मुलाकात हो गई,' लिंडा बोली। 'ये मेरे यहाँ आकर रहने वाले हैं।'

मेरी जानने की इच्छा हो रही थी कि ये लोग हमारे प्रति इतने उदार क्यों हो रहे थे। सावुन्डरा की नज़रें अभी भी जैकलीन पर टिकी हुई थीं, लेकिन वह इससे अनजान थी या कि वह इसे अनदेखा कर रही थी। सावुन्डरा मुझे किसी अमरीकी अभिनेता की तरह लग रहा था, जिसका नाम मैं याद करने की कोशिश कर रहा था। अरे हाँ। जोज़फ़ कोटेन।

'देखिएगा,' लिंडा बोली। 'आपको मेरे यहाँ बिलकुल अपने घर जैसा लगेगा...'

'वैसे, फ़्लैट की कमी नहीं है,' रैचमैन ने कहा। 'अगले हफ़्ते से मैं आपको रहने के लिए एक फ़्लैट दे सकता हूँ...'

सावुन्डरा हमें दिलचस्पी से देख रहा था। वह जैकलीन की तरफ़ मुड़ा—

'आप लोग भाई-बहन हैं?' उसने अंग्रेज़ी में पूछा।

'आपके नसीब में कुछ नहीं है, माइकल,' रैचमैन ने रुखाई से कहा। 'ये मियाँ-बीवी हैं।'

~

लीडो से बाहर आने पर, सावुन्डरा ने हमसे हाथ मिलाया।

'उम्मीद है कि आपसे जल्दी ही मुलाकात होगी,' उसने फ्रेंच में कहा।

फिर सावुन्डरा ने रैचमैन से पूछा कि उसने उसकी स्क्रिप्ट पढ़ी या नहीं।

'अभी तक तो नहीं। मुझे थोड़ा वक़्त चाहिए। मुझे ठीक से पढ़ना नहीं आता है...'

और उसने वैसे ही कहकहा लगाया, सींघ की कमानी वाले चश्मे के पीछे वैसी ही छोटी आँखें।

उस अप्रिय चुप्पी को तोड़ने के लिए, सावुन्डरा मुझसे और जैकलीन से कहा—

'मैं चाहूँगा कि आप यह स्क्रिप्ट पढ़ें। कहानी के कुछ अंश पेरिस के हैं और आप लोग फ्रेंच भाषा की ग़लतियाँ सुधार सकते हैं।'

'अच्छा सुझाव है,' रैचमैन ने कहा। 'इन्हीं को पढ़ने दो... इस तरह, ये मुझे कहानी का सारांश बता देंगे...'

सावुन्डरा जा चुका था और फिर से हम लोग रैचमैन की जागुआर कार

की पिछली सीट पर बैठे हुए थे।

'उसकी स्क्रिप्ट अच्छी है?'

'हाँ, हाँ... मुझे यक़ीन है कि बहुत अच्छी होगी,' लिंडा ने कहा।

'आप ले सकते हैं स्क्रिप्ट, पीछे रखी हुई है,' रैचमैन ने कहा।

दरअसल पीछे वाली सीट के नीचे एक बादामी रंग की फ़ाइल थी। मैंने उसे उठाया और अपने घुटनों पर रख लिया।

'वह चाहता है कि मैं उसे तीस हज़ार पाउंड दूँ, फ़िल्म बनाने के लिए,' रैचमैन ने कहा। 'एक स्क्रिप्ट, जिसे मैं कभी पढ़ूँगा ही नहीं, उसके लिए रकम बहुत ज़्यादा है...'

हम लोग ससेक्स गार्डन्स के मुहल्ले में वापस आ गये थे। मैं डर गया कि कहीं वे हमें होटल में तो नहीं ले जाएँगे, फिर से, मुझे गलियारे और कमरे की गंदी बदबू आई। मगर वे चलते जा रहे थे, नौटिंग हिल की तरफ़। वह दायीं ओर मुड़ा, उस सड़क की दिशा में जहाँ सिनेमा हॉल थे और फिर एक सड़क पर आया जिसके दोनों तरफ़ पेड़ और पोर्टिको वाले सफ़ेद घर थे। वह उनमें से एक के आगे रुक गया।

हम गाड़ी से बाहर निकले। रैचमैन स्टीयरिंग पर बैठा रहा। मैंने डिक्की से अपना बैग लिया और लिंडा ने लोहे का फाटक खोला। सामने काफ़ी खड़ी सीढ़ी थी। लिंडा हमारे आगे चल रही थी। निचली मंज़िल पर दो दरवाज़े थे। लिंडा ने बायीं तरफ़ वाला दरवाज़ा खोला। यह सफ़ेद दीवारों वाला एक कमरा था। उसकी खिड़कियों से सड़क दिख रही थी। कोई मेज़ या कुर्सी नहीं थी। एक मोटा-सा गद्दा था, वह भी ज़मीन पर। बगल वाला कमरा बाथरूम था।

'आप यहाँ आराम से रहेंगे,' लिंडा ने कहा।

मुझे खिड़की से, धूप में खड़ी रैचमैन की काली गाड़ी दिख रही थी।

'आपकी बहुत मेहरबानी,' मैंने उससे कहा।

'हर्गिज़ नहीं... पीटर... यह फ़्लैट उसका है... उसके पास ढेर सारे फ़्लैट हैं...'

वह हमें अपना कमरा दिखाना चाहती थी। उसके अन्दर, निचली मंज़िल के दूसरे दरवाज़े से जाया जा सकता था। कपड़े और सीडी बिस्तर पर फैले हुए थे। हवा में एक गंध तैर रही थी, वैसी ही तेज़ गंध जैसी होटल 'द रैडनर' में थी लेकिन उससे मीठी, भीनी गाँजे की महक थी।

'ध्यान मत दीजिए, मेरा कमरा हमेशा बिखरा रहता है...' लिंडा बोली।

रैचमैन अपनी गाड़ी से निकल आया और घर की दहलीज़ के सामने खड़ा था। फिर से, वह सफ़ेद रूमाल से अपना माथा और गर्दन पोंछ रहा था।

'आपको बेशक कुछ जेबखर्च की ज़रूरत होगी?'

और उसने हमारी तरफ़ एक नीला लिफ़ाफ़ा बढ़ाया। मैं उससे कहने ही वाला था कि हमें इसकी ज़रूरत नहीं है लेकिन जैकलीन ने, ज़रा भी झिझके बगैर, लिफ़ाफ़ा ले लिया।

'आपका बहुत शुक्रिया,' उसने कहा जैसे कि यह बिलकुल वाजिब था। 'हम आपको यह जल्दी-से-जल्दी लौटा देंगे।'

'मैं यही उम्मीद कर रहा हूँ,' रैचमैन ने कहा। 'सूद समेत... बहरहाल, आप किसी और तरह से अदायगी करेंगी...'

वह ठठा कर हँसने लगा।

लिंडा ने मुझको चाभियों का एक छोटा-सा गुच्छा दिया।

'दो चाभियाँ हैं,' वह बोली। 'एक बाहर वाले दरवाज़े के लिए, दूसरी फ़्लैट के लिए।'

वे दोनों कार में चढ़ गये। और इससे पहले कि रैचमैन इंजन चालू करता, लिंडा ने खिड़की का शीशा नीचे किया—

'मैं आपको घर का पता दे देती हूँ, अगर कहीं आप रास्ता भटक जायें...'

उसने नीले लिफ़ाफ़े के पीछे पता लिख दिया — '22, चेपस्टोव विलाज़।'

~

कमरे में वापस आने पर, जैकलीन ने लिफ़ाफ़ा खोला। उसमें सौ पाउंड थे।

'हमें ये पैसे नहीं लेने चाहिए थे,' मैंने उससे कहा।

'बिलकुल लेने चाहिए... मार्योका जाने के लिए हमें पैसों की ज़रूरत है...'

उसको एहसास था कि मैं इस बात पर राज़ी नहीं था।

'हमें तकरीबन बीस हज़ार फ्रैंक की ज़रूरत पड़ेगी, मार्योका में रहने और एक घर ढूँढने के लिए... एक बार अगर हम वहाँ पहुँच जायें, फिर हमें किसी की भी ज़रूरत नहीं पड़ेगी...'

वह बाथरूम में चली गई। मुझे बाथटब में बहते पानी की आवाज़ सुनाई दी।

'मज़ा आ रहा है,' वह मुझसे बोली। 'कितने दिन हो गए, मैं इस तरह नहायी नहीं थी...'

मैं गद्दे पर लेटा हुआ था और कोशिश कर रहा था कि मुझे नींद न आ जाये। उसके नहाने की आवाज़ सुन रहा था मैं। वह बोली—

'तुम देखना, कितना अच्छा लग रहा है, गरम पानी...'

होटल द रैडनर के हमारे कमरे के बेसिन में ठंडे पानी की एक पतली सूत जैसी धार बहती थी।

नीला लिफ़ाफ़ा, गद्दे पर मेरे बगल में रखा हुआ था।

~

करीब सात बजे शाम को लिंडा के कमरे से आती जमैकाई संगीत की धुन से हमारी आँख खुली। सीढ़ी उतरने से पहले, मैंने लिंडा के दरवाज़े पर दस्तक दी। गाँजे की महक आ रही थी।

काफ़ी देर के बाद उसने दरवाज़ा खोला। वह लाल साटन का गाउन पहने हुए थी। आधे खुले दरवाज़े से उसने अपना सिर बाहर निकाला—

'माफ़ कीजिएगा... मैं किसी के साथ हूँ...'

लिंडा सकुचायी, फिर बात करने का मन बना लिया—

'मैं आप पर भरोसा कर सकती हूँ? जब हम लोग पीटर से मिलेंगे, उसे पता नहीं चलना चाहिए कि मैं किसी को बुलाती हूँ यहाँ पर... वह बहुत ईर्ष्यालु है... पिछली बार वह बिना बताये आ गया और यहाँ तोड़-फोड़ मचा दी और मुझे खिड़की से लगभग फेंक ही दिया था समझो।'

'और आज शाम को अगर वह आ जाये?' मैंने कहा।

'वह दो दिनों के लिए बाहर गया है। ब्लैकपूल समुद्रतट पर, पुराने घर खरीदने के लिए।'

'वह हम लोगों पर इतना मेहरबान क्यों है?' जैकलीन ने पूछा।

'पीटर युवा लोगों को बहुत पसन्द करता है। वह अपनी उम्र के लोगों से नहीं के बराबर मिलता है। उसे सिर्फ़ जवान लोग ही अच्छे लगते हैं...'

एक पुरुष की आवाज़ उसे पुकार रही थी, एक बेहद मद्धिम आवाज़ जो संगीत में घुट रही थी।

'माफ़ी चाहती हूँ... जल्दी मिलेंगे... और इसे अपना ही घर समझियेगा...'

वह मुस्कुरायी और उसने दरवाज़ा फिर से बन्द कर लिया। संगीत और ज़ोर से बजने लगा जो सड़क पर भी दूर तक, हमें सुनाई दे रहा था।

~

'कुछ भी हो, मुझे बड़ा अजीब आदमी लगता है, यह रैचमैन,' मैंने जैकलीन से कहा।

उसने कंधे उचकाये।

'अरे, उससे डरने की कोई ज़रूरत नहीं है... और किसी भी सूरत में, उसे जवान लोग अच्छे लगते हैं...'

जैकलीन ने ऐसे कहा जैसे कि उसका इस किस्म के आदमियों से पहले भी सरोकार रहा हो और उसकी नज़रों में वे किसी तरह का नुकसान नहीं पहुँचा सकते थे।

मैंने यह बात दुखी स्वर में कही थी जिस पर उसे हँसी आ गई। रात ढल चुकी थी। उसने मेरी बाँह थाम ली थी और मैं अब कोई संशय नहीं पालना चाहता था, न ही भावी जीवन के बारे में कोई ज़िक्र करना चाहता था। हम लोग केन्सिंग्टन गार्डन्स की तरफ़, पतली, सुनसान, छोटे शहरों जैसी सड़कों से होते हुए जा रहे थे। एक टैक्सी पास से गुज़री और जैकलीन ने उसे रोकने के लिए हाथ उठाया। उसने टैक्सीवाले को एक इतालवी रेस्तराँ का पता दिया, नाइट्सब्रिज के आस-पास, जिस पर उसने हमारे सैर करने के दौरान गौर किया था और सोचा था कि जब हम लोग अमीर हो जाएँगे तब वहाँ डिनर करने जाएँगे।

~

घर में शांति थी और लिंडा के कमरे से रोशनी छन कर नहीं आ रही थी। हमने खिड़की आधी खोल ली। सड़क पर ज़रा भी शोर नहीं था। सामने, पेड़ों के साथ बने, एक खाली पड़े लाल टेलीफ़ोन बूथ में रोशनी थी।

उस रात, हमें महसूस हो रहा था जैसे कि हम लम्बे समय से इस घर में रह रहे थे। मैंने माइकल सावुन्डरा की स्क्रिप्ट पढ़नी शुरू कर दी। उसका नाम था 'ब्लैकपूल सनडे'। उसके दो मुख्य किरदार,एक लड़की और बीस वर्ष का एक लड़का, लंदन के बाहरी इलाकों में भटक रहे थे। अगस्त के महीने में,

वे अक्सर सर्पेन्टाइन किनारे वाले लीडो और ब्लैकपूल के तट पर जाते थे। वे साधारण घरों से थे और ठेठ लंदनिया अंदाज़ में बोलते थे। उसके बाद वे लंदन छोड़ कर चले गये। फिर वे पेरिस में दिखते हैं और उसके बाद भूमध्यसागर के एक द्वीप पर जो संभवत: मार्योका हो सकता था जहाँ पर, अंत में, वे 'खुशहाल जीवन' जीते हैं। मैं पढ़ता जा रहा था और साथ-साथ जैकलीन को कहानी का सार बताता जा रहा था। जैसा कि प्रस्तावना में बताया गया था, सावुन्डरा की मुराद इस फ़िल्म को डॉक्यूमेंटरी की तरह बनाने की थी, एक ऐसे लड़के और लड़की को लेकर जो पेशेवर अभिनेता नहीं थे।

मुझे याद आया कि उसने मुझसे फ्रेंच भाषा की गलतियाँ सुधारने के लिए कहा था, स्क्रिप्ट के उस हिस्से में जहाँ कहानी का परिवेश पेरिस था। कुछ अशुद्धियाँ थीं और कुछ त्रुटियाँ भी, बहुत गौण-सी, *सैं-जरमाँ-दे-प्रे* मुहल्ले की सड़कों से सम्बन्धित। जैसे-जैसे मैं पन्ने पलटता गया, मैंने कुछ विवरण जोड़ने की कल्पना की, या फिर जो विवरण दिये गये थे, उन्हें सुधारने की। मैं चाहता था कि सावुन्डरा को उन बातों में शरीक करूँ या अगर वह चाहे तब सम्भवत: उसके साथ 'ब्लैकपूल सनडे' पर काम करूँ।

उसके बाद, मुझे माइकल सावुन्डरा से दोबारा मिलने का मौका नहीं मिला। 'ब्लैकपूल सनडे' ने मेरे मन में अकस्मात् एक कहानी लिखने की अभिलाषा जगा दी। एक दिन सुबह, मैं बहुत जल्दी जाग गया और भरसक कोशिश की कि आवाज़ न हो। ताकि जैकलीन की नींद, जो आमतौर पर दोपहर तक खिंच जाती थी, में खलल न पड़े।

नौटिंग हिल गेट से मैंने एक दस्ता कागज़ खरीदा। फिर गर्मी की सुबह में, मैं हॉलैंड पार्क एवेन्यू के साथ-साथ, सीध में चलता रहा। हाँ, हमारा लंदन प्रवास का दौर, बीच गर्मियों का था। इस तरह से, रैचमैन की स्मृति जो मेरे ज़ेहन में है, वह है एक भीमकाय काली-सी आकृति, सर्पेन्टाइन के किनारे पर। धूप-छाँव का विरोधाभास इतना प्रखर है कि मैं उसके चेहरे के नैन-नक्श साफ़ नहीं देख पाता हूँ। खिलखिलाहटें। डुबकियों की छपाक की आवाज़। और तट से आतीं आवाज़ें, दूरस्थ मगर स्पष्ट, सूरज की गर्मी और तपिश के तले। लिंडा की आवाज़। माइकल सावुन्डरा की आवाज़ जो जैकलीन से पूछती है—

'आप लोग लंदन में काफ़ी दिनों से हैं क्या?'

~

मैं हॉलैंड पार्क के पास एक ढाबे में बैठ गया। जो कहानी मैं लिखना चाहता था, उसका मुझे ज़रा-सा भी अंदाज़ा नहीं था। लग रहा था कि मुझे बिना सोचे-समझे कई सारे वाक्यों को पिरोना होगा। यह ऐसा था जैसे कोई पम्प चलाना हो या जाम पड़ी हुई मोटर को चालू करना हो।

जब मैं शुरुआत के कुछ शब्द लिख रहा था, मुझे एहसास हुआ कि

'ब्लैकपूल सनडे' किस कदर मेरे दिलोदिमाग पर हावी थी। मगर इससे कोई फ़र्क नहीं पड़ता था कि सावुन्डरा मेरे लिए आगे बढ़ने की प्रेरणा के रूप में काम आ रहा है। कहानी के दोनों मुख्य पात्र, जाड़े की एक शाम को, *गार द्यू नॉर* (पेरिस के एक रेलवे स्टेशन पर) पहुँचते हैं। वे अपने जीवन में पहली बार पेरिस में हैं। एक होटल की खोज में, बहुत देर से इस मुहल्ले के चक्कर काट रहे हैं। माजौन्ता मार्ग पर उन्हें एक होटल मिल जाता है, जिसका प्रभारी उन्हें जगह देने को तैयार हो जाता है, *लोतेल दाँग्लतेर्र ए द बेल्जीक*। बगलवाले होटल में, जिसका नाम *लोतेल द लोन्द्र ए द'औंवेर्र* था, वहाँ उन लोगों ने इन्हें कमरा देने से इनकार कर दिया, इस बहाने से कि वे नाबालिग हैं।

वे मुहल्ला छोड़ कर नहीं जाते हैं। मानो उन्हें ज़्यादा दूर जाने से किसी जोख़िम का डर था। शाम को, *गार द्यू नॉर* के एकदम सामने, *कौम्पियेन्य* मार्ग और दैं*कर्क* मार्ग के कोने पर स्थित एक कॉफ़ी हाउस में वे एक अजीब जोड़े, शारेल दम्पति, की बगल वाली मेज़ पर बैठे हैं, और वे दोनों यहाँ पर क्या कर रहे हैं, इस बात का अंदाज़ा नहीं लगाया जा सकता—

स्त्री, सुनहरे बालों वाली, दिखने में बेहद संभ्रान्त और पुरुष जो धीमे स्वर में बोल रहा था, उसके बाल काले हैं। यह जोड़ा उन्हें माजौन्ता मार्ग पर एक फ़्लैट में आने का न्यौता देता है, जो उनके होटल से ज़्यादा दूर नहीं है। कमरे अंधकार में डूबे हैं। श्रीमती शारेल उनके लिए शराब ढाल रही हैं...

मैं यहीं पर रुक गया। साढ़े तीन पन्ने। 'ब्लैकपूल सनडे' के दोनों पात्र, पेरिस पहुँचने पर, *सैं-जरमाँ-दे-प्रे* स्थित *होटल द ला लुज़ियान* में तुरन्त मिल जाते हैं। और मैं, मैंने उन्हें सेन नदी के पार जाने से रोक रखा था तथा *गार द्यू नॉर* के मुहल्ले में घुट-घुट कर भटकते रहने के लिए छोड़ दिया था।

उनके कथानक में शारेल दम्पति का अस्तित्व नहीं था। इस बात की स्वतंत्रता भी मैंने ली थी। मुझे उसके बाद की कहानी लिखने की जल्दी थी, लेकिन अभी मैं ख़ासा नौसिखिया और बेहद आलसी था एक घंटे से ज़्यादा चित्त एकाग्र करने के लिए और रोज़ तीन पन्नों से ज़्यादा लिखने के लिए।

रोज़ सुबह, मैं लिखने के लिए हॉलैंड पार्क जाता था और तब मैं लंदन में नहीं बल्कि *गार द्यू नॉर* के सामने खड़ा होता था तथा माजौन्ता मार्ग की सीध में चलता रहता था। आज, तीस बरस बाद, पेरिस में, मैं सन् 1994 के जुलाई के महीने से बच कर भाग जाने की कोशिश कर रहा हूँ, उस ग्रीष्म ऋतु की ओर जब बयारें पेड़ों के पत्तों को हल्के से सहलाती थीं। धूप और छाँव का विरोधाभास इतना प्रखर होता था कि वैसा नज़ारा मैंने फिर कभी नहीं देखा।

मैं ख़ुद को 'ब्लैकपूल सनडे' के असर से निकाल पाने में सफल हो गया था, लेकिन मेरे अंतर्मन में ऐसी सोच जगाने के लिए मैं माइकल सावुन्डरा का शुक्रगुज़ार हूँ। मैंने लिंडा से पूछा कि क्या मैं उससे मिल सकता हूँ। एक दिन शाम को, नौटिंग हिल में रियो पर हम सभी इकट्ठे हुए, सावुन्डरा, जैकलीन, लिंडा और मैं, जहाँ जमैकाई लोगों का जमघट रहता था। उस दिन शाम को, सिर्फ़ हम लोग थे जो गोरे थे, लेकिन लिंडा इस कॉफ़ी हाउस से अच्छी तरह वाकिफ़ थी। यह वही जगह थी, मेरे ख़याल से, जहाँ से वह अपने लिए गाँजा जुटाती थी जिसकी बास घर की दीवारों में बसी रहती थी।

मैंने सावुन्डरा से कहा कि उसकी कहानी का जो हिस्सा *सैं-जरमाँ-दे-प्रे* में घटित हो रहा है, उसमें मैंने फ्रेंच भाषा की त्रुटियाँ सुधार दी हैं। वह परेशान था। जानने के लिए उत्सुक था कि रैचमैन उसे पैसे देगा कि नहीं और पेरिस के अन्य निर्माताओं से संपर्क करना क्या बेहतर तो नहीं था। वे 'युवाओं' पर भरोसा करने के लिए तैयार थे...

'मगर मैंने सुना है कि रैचमैन भी युवाओं को पसन्द करता है,' मैंने उसे ध्यान दिलाया।

और मैंने जैकलीन को देखा, वह मुस्कुरायी। ख़यालों में उलझी लिंडा ने फिर कहा—

'यह सच है... उसे युवा अच्छे लगते हैं...'

करीब तीस वर्ष का एक जमैकाई, छोटा कद, घुड़सवार सरीखा, उसके बगल में आकर बैठ गया। उसने लिंडा को अपनी बाँह में समेट रखा था। लिंडा ने हमसे उसका परिचय करवाया—

'एडग्रोज़...'

इतने बरस गुज़रने के बाद भी, उसका नाम याद रह गया है। एडग्रोज़ ने हमसे कहा कि उसे हमसे मिल कर ख़ुशी हुई। मैंने उसकी दबी हुई महीन आवाज़ पहचान ली, यह वही आवाज़ थी जिसने लिंडा को, उसके कमरे में, दरवाज़े के पीछे से पुकारा था।

और जिस वक्त एडग्रोज़ मुझे बता रहा था कि वह संगीतज्ञ है और वह स्वीडन में एक शूटिंग से वापस आया है, पीटर रैचमैन वहाँ पर प्रकट हो गया। वह हमारी मेज़ की तरफ़ आ रहा था, सींघ की कमानी के चश्मे के पीछे उसकी नज़र एकदम स्थिर थी। लिंडा के चेहरे पर आश्चर्य का भाव झलका।

वह आकर उसके सामने खड़ा हो गया और उल्टे हाथ से एक थप्पड़ रसीद कर दिया।

एडग्रोज़ उठा और रैचमैन का बायाँ गाल अपने अँगूठे और तर्जनी से पकड़ लिया। रैचमैन ने उससे छूटने के लिए अपना सिर झकझोरा और इस क्रम में उसका सींघ की कमानी वाला चश्मा गिर गया। सावुन्डरा और मैं उन्हें अलग करने की कोशिश कर रहे थे। दूसरे जमैकाई असामियों ने पहले ही हमारी मेज़ को घेर लिया था। जैकलीन शांत थी और इस हंगामे से बिलकुल उदासीन लग रही थी। उसने एक सिगरेट जला ली थी।

एडग्रोज़ ने रैचमैन का गाल पकड़ा हुआ था और बाहर के दरवाज़े की ओर उसे खींच रहा था, जैसे कोई शिक्षक किसी उद्दण्ड छात्र को कक्षा से बाहर निकाल रहा हो। रैचमैन उससे छूटने की कोशिश कर रहा था और अचानक बायें

हाथ से उसकी नाक पर एक घूँसा मारा। एडग्रोज़ ने शिकंजा छोड़ दिया। रैचमैन ने कैफ़े का दरवाज़ा खोला और फुटपाथ के बीच स्तब्ध खड़ा था।

मैं उसके पास गया और उसका सींघ की कमानी वाला चश्मा उसकी ओर बढ़ाया, जिसे मैंने ज़मीन पर से उठा लिया था। वह एकदम शांत था और अपना गाल सहला रहा था।

'शुक्रिया, मेरे दोस्त,' उसने मुझसे कहा। 'इन अंग्रेज़ रंडियों के पीछे अपना दिमाग खराब करने का कोई मतलब नहीं है...'

उसने जैकेट की जेब से अपना सफ़ेद रूमाल निकाल लिया था और एहतियात से अपने चश्मे का शीशा पोंछ रहा था। फिर अपने दोनों हाथों से, बड़े अंदाज़ से उसकी कमानी ठीक करने लगा।

वह अपनी जागुआर कार में बैठ गया। इंजन चालू करने से पहले, उसने शीशा नीचे किया—

'मैं आपके लिए एक ही चीज़ की दुआ माँगता हूँ मेरे दोस्त, कि आपकी मंगेतर इन सारी अंग्रेज़ रंडियों जैसी न हो...'

~

मेज़ के गिर्द, वे चुप्पी धारे हुए थे। लिंडा और माइकल सावुन्डरा परेशान लग रहे थे। एडग्रोज़ आराम से सिगरेट पी रहा था। उसके एक नथुने पर खून की एक बूँद थी।

'पीटर का दिमाग ख़राब हो जाएगा,' सावुन्डरा ने कहा।

'कुछ दिनों की बात है,' लिंडा ने कंधे उचकाते हुए कहा। 'फिर ठीक हो जाएगा।'

हमारी नज़रें मिलीं, जैकलीन की और मेरी। मैंने महसूस किया कि हम दोनों के मन में एक ही जैसे सवाल उठ रहे थे। क्या अभी भी चेपस्टोव विलाज़

में रहना चाहिए? और वास्तव में हम कर क्या रहे थे इन तीन लोगों की संगत में? एडग्रोज़ के जमैकाई मित्र उसे सलाम करने के लिए आ रहे थे और इस कॉफ़ी हाउस में भीड़ बढ़ती ही जा रही थी और शोर भी। आँखें मूँदने पर, ऐसा लग सकता था कि हम कैफ़े *दॉन्त* में हैं।

~

माइकेल सावुन्डरा ने रास्ते के अंत तक हमारे साथ चलने की ज़िद की। हमने लिन्डा, एडग्रोज़ और उनके दोस्तों को छोड़ दिया था जो अब हमें अनदेखा करने लगे थे मानो हम लोग कबाब में हड्डी थे। सावुन्डरा, मेरे और जैकलीन के बीच में चल रहा था।

'आप लोगों को पेरिस की याद ज़रूर आती होगी,' उसने कहा।

'ज़्यादा तो नहीं,' जैकलीन बोली।

'मेरी बात अलग है,' मैंने उससे कहा। 'हर सुबह, मैं पेरिस में होता हूँ।'

और मैंने उसे बताया कि मैं एक उपन्यास पर काम कर रहा हूँ और उसकी शुरुआत *गार द्यू नॉर* के मुहल्ले से होती है।

'मुझे ''ब्लैकपूल सनडे'' से प्रेरणा मिली,' मैंने उसके सामने कबूल किया। 'यह भी दो युवाओं की कहानी है...'

लेकिन उसने इस बात को अनदेखा कर दिया। उसने हम दोनों को, बारी-बारी ग़ौर से देखा।

सावुन्डरा फ़िक्रमंद था। वह सोच में था कि रैचमैन के साथ व्यवसाय की कोई गुंजाइश बनेगी कि नहीं, क्योंकि यह शख़्स उसे तीस हज़ार पाउंड देने की हैसियत रखता था, बगैर स्क्रीनप्ले पढ़े हुए। या फिर उसे इनकार कर सकता था, उसके मुँह पर अपने सिगार से धुएँ का गुब्बारा छोड़ते हुए।

उसके अनुसार, अभी-अभी जिस तरह की नौटंकी हमने देखी थी, ऐसा अक्सर होता रहता था। रैचमैन को इसमें मज़ा आता था। यह उसके लिए अपनी

नसों की कमज़ोरी के रोग से ध्यान हटाने का एक साधन था। उसके जीवन पर एक उपन्यास लिखा जा सकता था। रैचमैन युद्ध के तुरन्त बाद अन्य शरणार्थियों के साथ पूर्व से लंदन आया था। उसका जन्म ऑस्ट्रिया-हंगरी, पोलैंड और रूस की घुली-मिली सरहदों के पास कहीं हुआ था, उन छोटे मोर्चाबन्द शहरों में से किसी एक में, जिनका नाम कई बार बदला।

'आपको उससे पूछना चाहिए कुछ,' सावुन्डरा ने मुझसे कहा। 'शायद आपको कोई जवाब दे वह...'

हम लोग *वेस्टबोर्न ग्रोव* पहुँच गए थे। सावुन्डरा ने पास से गुज़रती एक टैक्सी को आवाज़ दी।

'आप बुरा तो नहीं मानेंगे अगर मैं आपके साथ आगे तक न चलूँ... मैं थकान से चूर हूँ...'

हमारे टैक्सी में समा जाने से पहले, उसने सिगरेट के एक खाली पैकेट पर अपना पता और टेलीफ़ोन नम्बर लिख दिया। उसे मुझ पर पूरा भरोसा था कि मैं जल्दी-से-जल्दी उससे संपर्क करूँगा ताकि हम लोग एक साथ 'ब्लैकपूल सनडे' में किये गये सुधारों को देख सकें।

≈

हम दोनों फिर से अकेले थे।

'घर लौटने से पहले अगर थोड़ा सैर कर लें तो कैसा रहेगा,' मैंने जैकलीन से कहा।

चेपस्टोव विलाज़ में हमारे बिना क्या बिगड़ रहा था? घर की खिड़की से मेज़-कुर्सियाँ फेंकता हुआ रैचमैन जैसा कि लिंडा ने हमें बताया था। या फिर उसे और उसके जमैकाई दोस्तों को रंगेहाथ पकड़ने के लिए वह घात लगाये बैठा होगा।

हम एक चौक के सामने पहुँच गए, जिसका नाम मैं भूल गया हूँ। वह अपार्टमेंट के नज़दीक था लेकिन उसे ढूँढने के लिए मैं अक्सर लंदन का नक्शा

देखता था। वह क्या लैडब्रोक स्क्वेयर था या कि थोड़ी और दूर पर था कहीं, बेज़वॉटर के करीब ? उसके किनारे-किनारे वाले मकानों के आगे वाला हिस्सा अंधेरा रहता था और उस रात को अगर सड़क की बत्तियाँ बुझा दी गई होतीं तब भी चाँदनी रात में हमें रास्ता ढूँढने में कोई मुश्किल नहीं होती।

लोहे के छोटे फाटक में कोई चाभी लगाकर भूल गया था। मैंने उसे खोला, हम फुलवारी में गये और अंदर वाले दरवाज़े में मैंने चाभी डाल कर घुमाई। हम यहाँ बन्द हो गये थे और अब कोई नहीं आ सकता था। एक ताज़गी से घिर गये थे हम जैसे कि किसी जंगल के रास्ते पर चल पड़े हों। हमारे ऊपर पेड़ों के पत्ते इतने घने थे कि उनसे चाँद की रोशनी छन कर आ नहीं पा रही थी। घास लम्बे समय से काटी नहीं गई थी। हमें लकड़ी की एक बेंच दिखी, जिसके चारों ओर बजरी बिछाई गई थी। हम लोग वहीं बैठ गये। मेरी आँखें अंधेरे की अभ्यस्त होती जा रही थीं और फुलवारी के बीचोबीच एक स्तम्भ जिसके ऊपर किसी जानवर की आकृति खड़ी थी, उसे देखकर मैं सोच रहा था कि वह एक शेरनी थी या तेंदुआ, या कि महज़ एक कुत्ता।

'हम लोग यहाँ पर आराम से हैं,' जैकलीन ने मुझसे कहा।

उसने अपना सिर मेरे कंधे पर टिका दिया। पेड़ के पत्तों ने पार्क के चारों तरफ़ बने घरों को छुपा रखा था। अब हमें वह घुटन भरी गर्मी महसूस नहीं हो रही थी जिसने कुछ दिनों से लंदन को अपनी गिरफ़्त में ले रखा था। यह शहर जहाँ एक सड़क के मोड़ से गुज़रना काफ़ी था किसी उपवन में पहुँचने के लिए।

हाँ, जैसा कि सावुन्डरा कहता था, मैं रैचमैन के जीवन पर एक उपन्यास लिख सकता था। मज़ाक के अंदाज़ में रैचमैन ने जैकलीन से पहले दिन, जो बात कही थी, उसने मुझे परेशान कर दिया था—

'आप बदले में कुछ और वापस दे दीजिएगा...'

यह उस वक्त की बात है जब जैकलीन ने वह लिफ़ाफ़ा लिया था, जिसमें सौ पाउंड थे। एक दिन दोपहर में, मैं अकेले हैम्पस्टेड की तरफ़ टहलने चला गया था, क्योंकि जैकलीन लिंडा के साथ कुछ खरीददारी करना चाहती थी। मैं अपार्टमेंट में सात बजे शाम के करीब लौट आया था। जैकलीन अकेली थी। बिस्तर पर एक लिफ़ाफ़ा पड़ा हुआ था, उसी नीले रंग का और उसी आकार का जैसा पहली बार रैचमैन ने उसे दिया था, लेकिन इस वाले लिफ़ाफ़े में तीन सौ पाउंड रखे थे।

जैकलीन परेशान लग रही थी। उसने सारी दोपहर, लिंडा का इंतज़ार किया था, लेकिन लिंडा नहीं आई थी। रैचमैन वहाँ से गुज़रते हुए आ गया था। उसने भी लिंडा की राह देखी थी। और जैकलीन को यह लिफ़ाफ़ा दिया था, जिसे उसने स्वीकार कर लिया था। और मैंने तब मन में सोचा था कि उस शाम, जैकलीन ने उसे वापसी में कुछ और अदा किया था। कमरे में सिंथॉल की खुशबू तैर रही थी। रैचमैन अपने पास हमेशा इस औषधि की शीशी रखता था। लिंडा को भरोसे में लेकर, मैंने पता लगा लिया था कि उसकी आदतें क्या थीं। जब वह रेस्तराँ में डिनर करता था, तो अपना छुरी-काँटा लेकर जाता था और भोजन परोसे जाने से पहले वह रसोई घर देखने जाता था, यह जाँचने के लिए कि वहाँ सफ़ाई है कि नहीं। वह दिन में तीन बार नहाता था और देह पर सिंथॉल मलता था। ढाबों में जब पानी की बोतल मँगवाता था, तब वह उन्हें ख़ुद खोलने

की ज़िद करता था और वह बोतल से ही पानी पीता था ताकि उसके होंठ, उस गिलास को न छुएँ जो अच्छे से धोये नहीं गए होंगे।

वह अपनी उम्र से काफ़ी छोटी लड़कियाँ रखता था और उन्हें चेपस्टोव विलाज़ जैसे अपार्टमेंट में घर दे देता है। दोपहर में उनसे मिलने जाता था और बगैर कपड़े उतारे, उन्हें पीठ के बल होने का हुक्म देकर, झटपट उनका उपभोग कर लेता था, एक ठंडे मशीनी अंदाज़ में, मानो वह दाँत माँज रहा हो। उसके बाद वह उनके साथ शतरंज की एक बाज़ी खेलता था, एक-छोटी-सी शतरंज पर, जिसे वह हमेशा अपने काले ब्रीफ़केस में साथ लेकर चलता था।

अब हम लोग अपार्टमेंट में अकेले थे। लिंडा ग़ायब हो गई थी। रात में, अब हमें जमैकाई संगीत और खिलखिलाहट नहीं सुनाई देती थी। हमें अजनबीपन का एहसास हो रहा था, क्योंकि लिंडा के दरवाज़े के नीचे से छन कर आती रोशनी की हमें आदत पड़ गई थी। मैंने कई बार माइकल सावुन्डरा को फ़ोन मिलाने की कोशिश की, लेकिन घंटी लगातार बजती रहती थी लेकिन कोई भी जवाब नहीं देता था।

कुछ ऐसा था, जैसे हमारी उन लोगों से कभी मुलाकात ही नहीं हुई थी। वे सृष्टि में विलीन हो गए थे और हम, इस कमरे में हमारी मौजूदगी कितनी वाजिब थी यह समझ नहीं पा रहे थे। हमें यह भी लगने लगा था जैसे हम दरवाज़ा तोड़ कर वहाँ घुस गए थे।

सवेरे, मैं अपने उपन्यास के एक या दो पन्ने लिखता था और लीडो का एक चक्कर लगाता था, यह देखने के लिए कि पीटर रैचमैन पिछली बार की तरह उसी मेज़ पर तो नहीं बैठा, सर्पेन्टाइन के किनारे पर। लेकिन नहीं। काउन्टर पर बैठा आदमी जिससे मैंने तहकीकात की, वह पीटर रैचमैन को नहीं जानता था। मैं वॉल्टन मार्ग पर, माइकल सावुन्डरा के घर गया। दरवाज़े की घंटी बजाई मगर व्यर्थ और फिर मैं नीचे वाली मंज़िल की मिठाई की दुकान के अंदर गया, जिसकी तख़्ती पर किसी जस्टिन द ब्लाँक का नाम लिखा था। यह नाम मेरी स्मृति में अंकित क्यों रह गया है? यह जस्टिन द ब्लाँक भी मुझे किसी तरह की कोई सूचना देने में नाकामयाब रहा था। वह सावुन्डरा को दूर-दूर से जानता था, शक्ल से। हाँ, सुनहरे बालों वाला एक आदमी जो जोज़फ़ कोटेन जैसा लगता था लेकिन उसके ख़याल से, वह यहाँ पर ज़्यादा नहीं रहता था।

हम लोग, जैकलीन और मैं, नौटिंग हिल के बिलकुल छोर पर, रियो तक पैदल गये और हमने एडग्रोज़ और लिंडा की खोज-ख़बर उस शख़्स से ली, जो जमैकाइयों वाले कॉफ़ी हाउस का मालिक था। उसने हमें बताया कि उसने उन लोगों को काफ़ी दिनों से नहीं देखा और ऐसा लगा कि वह और उसके ग्राहक हम पर संदेह कर रहे थे।

एक दिन सुबह जब मैं आदतन, अपने काग़ज़ के पुलिन्दे के साथ, घर से निकल रहा था, मैंने लेडबरी रोड के मोड़ पर लगी, रैचमैन की गाड़ी पहचान ली। उसने शीशा नीचे सरका कर, अपना सिर बाहर निकाला।

'सब ठीक-ठाक है, मेरे दोस्त? मेरे साथ गाड़ी में, एक चक्कर लगाने चलेंगे?'

उसने मेरे लिए गाड़ी का दरवाज़ा खोला और मैं उसके बगल में बैठ गया।

'हमें आपकी कोई खोज-ख़बर ही नहीं मिल रही थी,' मैंने उससे कहा।

लिंडा के बारे में ज़िक्र करने की मेरी मजाल नहीं हुई। शायद वह काफ़ी देर से अपनी गाड़ी में था, निगरानी रखने के लिए।

'ढेर सारा काम...ढेर सारी चिंताएँ... और हमेशा बस वही कहानी...'

सींग की कमानी वाले चश्मे के पीछे से उसकी सर्द निगाहें मुझे घूर रही थीं।

'और आप, आप लोग ख़ुश हैं?'

जवाब में, मेरे चेहरे पर एक शर्मिन्दगी भरी मुस्कान थी।

उसने जर्जर मकानों वाली एक पतली-सी गली में गाड़ी रोक दी थी, इन मकानों ने मानो, अभी-अभी बमबारी झेली थी।

'देखा आपने?' उसने मुझसे कहा। 'मैं हमेशा ऐसी जगहों पर ही काम करता हूँ...'

फुटपाथ पर, उस काले ब्रीफ़केस में से उसने चाभियों का एक गुच्छा

निकाला जो उसने हाथ में लिया हुआ था, मगर फिर उसने अपना इरादा बदल दिया और चाभियाँ अपनी जैकेट की जेब में घुसा लीं।

'इसकी अब कोई ज़रूरत नहीं है...'

पाँव की एक ठोकर से, उसने इन मकानों में से एक का दरवाज़ा खोला, उखड़े रंगरोगन वाला एक दरवाज़ा, जिसमें ताले की जगह पर सिर्फ़ एक छेद था। हम भीतर गये। ज़मीन पर मलबे का ढेर लगा हुआ था। हवा में तैरती ससेक्स गार्डन्स के होटल जैसी, बल्कि वहाँ से भी ज़्यादा तीखी गंध ने मेरा गला पकड़ लिया। मुझे उबकाई आ गई। रैचमैन ने अपना ब्रीफ़केस फिर से खंगाला और उसमें से एक टॉर्च निकाली। उसने टॉर्च की रोशनी अपने चारों ओर घुमा कर बारीकी से देखा, इससे कमरे के कोने में एक पुराना ज़ंग लगा चूल्हा मिला। एक खड़ी सीढ़ी पहली मंज़िल तक जा रही थी और उसकी लकड़ी की रेलिंग ढही हुई थी।

'चूँकि आपके पास कागज़ और कलम है,' उसने मुझसे कहा, 'आप कुछ ब्यौरे लिख सकते हैं...'

उसने पड़ोस वाले घरों का मुआयना किया जो वैसी ही परित्यक्त अवस्था में थे और मुझसे क्रमशः कुछ ब्यौरे लिखवाये, अपनी नोटबुक में कुछ छानबीन करने के बाद। यह नोटबुक उसने काले ब्रीफ़केस में से निकाली थी।

अगले दिन सुबह, मैंने अपना उपन्यास आगे लिखना जारी किया, उसी पन्ने पर जिसके पीछे ये टिप्पणियाँ लिपिबद्ध थीं और उन्हें मैंने आज तक सँभाल कर रखा हुआ है। क्यों उसने यह सब लिखवाया था मुझसे? शायद वह चाहता था कि कहीं पर उनकी नकल मौजूद रहे।

वह जगह, जहाँ हम लोग सबसे पहले रुके थे, नौटिंग हिल के मुहल्ले में, उसका नाम पोविस स्क्वेयर था और वहाँ से आगे पोविस टेरेस और पोविस गार्डन्स थे। रैचमैन ने मुझे जो लिखवाया था, उसमें एक फ़ेहरिस्त थी, पोविस टेरेस का 5, 9, 10, 11, 12 नम्बर, पोविस गार्डन्स का 3, 4, 6 और 7, तथा पोविस स्क्वेयर का 13, 45, 46 और 47। '"एडवर्डियन" दौर के पोर्टिको

वाले बंगलों की कतार' — रैचमैन ने बताया। युद्ध खत्म होने के बाद से, उनमें जमैकाइयों का डेरा बस गया था, मगर जब उन्हें ध्वस्त कर देने का मसला उठा, तब रैचमैन ने उन तमाम घरों को खरीद लिया था। और अब, जब वहाँ पर कोई नहीं रहता था, उनकी मरम्मत करवा कर उन्हें दुरुस्त करने का ख़याल, उसके दिमाग में बैठ गया था।

जमैकाई लोगों से पहले, उन घरों के पुराने बाशिंदों के नाम उसने तलाश कर लिए थे। इस तरह, पोविस गार्डन्स के 5 नम्बर बंगले में फ़लाँ लेविस जोन्स और 6 नम्बर में कोई मिस डजियन, पोविस स्क्वेयर के 13 नम्बर में अमुक चार्ल्स एडवर्ड बोडेन, 46 नम्बर में कोई आर्थर फ़िलिप कोहेन, 47 नम्बर में फ़लाँ मिस मेरी मोट्टो...संभवतः रैचमैन को इनकी ज़रूरत बीस साल बाद पड़े, पता नहीं कब इन कागज़ातों पर उनसे दस्तख़त करवाने पड़ें, मगर वास्तव में उसका ऐसा इरादा था नहीं। इन लोगों के बारे में, मैंने उससे जो सवाल पूछा था, उसके जवाब में उसने कहा था कि उनमें से ज़्यादातर लोग निस्संदेह *ब्लिट्ज़* (द्वितीय विश्वयुद्ध के वक्त जर्मनी द्वारा लंदन पर बमबारी) के दौरान लापता हो गये होंगे।

पैडिंग्टन स्टेशन के नज़दीक से होते हुए, हमने बेज़वॉटर का मुहल्ला पार किया। अब इस बार हम ओरसेट टेरेस आकर रुक गये, जहाँ के पोर्टिको वाले घर, इससे पहले वाले घरों से ऊँचे, एक रेलवे पटरी के किनारे-किनारे बने हुए थे। मुख्य दरवाज़े पर ताले अभी भी लगे हुए थे और रैचमैन को अपनी चाभियों के गुच्छे का इस्तेमाल करना पड़ा। कोई मलबा नहीं था, न फफूँदी लगे वॉलपेपर, न ही अंदर की ढही हुईं सीढ़ियाँ, लेकिन कमरों में इन्सानी मौजूदगी का कोई निशान नहीं था, मानो ये घर किसी फ़िल्म के सेट के लिए समायोजित किए गए थे और लोग उन्हें ढहाना भूल गये थे।

'ये मुसाफ़िरों के पुराने सराय हैं,' रैचमैन ने मुझसे कहा।

कौन से मुसाफ़िर ? पैडिंग्टन स्टेशन से रात के वक्त, जब भोंपू बज उठते होंगे, तब वहाँ से निकलती कुछ परछाइयों की मैंने कल्पना की।

ओरसेट टेरेस के छोर पर, मैं एक जीर्ण-शीर्ण गिरजाघर देख कर हैरान

रह गया जिसे ढहाया जा रहा था। गिरजे के बीच वाला भाग टूट चुका था। 'वह वाला भी, मुझे उसे ख़रीद लेना चाहिए था,' रैचमैन बोला।

~

हम हॉलैंड पार्क से आगे निकल गये थे और हैमरस्मिथ पहुँचने वाले थे। मैं इतनी दूर तक कभी नहीं गया था। रैचमैन टैलगार्थ रोड पर उजड़े हुए घरों की एक कतार के सामने रुक गया, जो छोटे बंगलों या समुद्र तट पर बने बंगलों जैसे प्रतीत हो रहे थे। उनमें से एक घर की पहली मंज़िल पर हम चढ़े। दीवार से बाहर उभरी खिड़कियों के काँच टूटे हुए थे। हमें आती-जाती गाड़ियों की गड़गड़ाहट सुनाई दे रही थी। कमरे के एक कोने में, मेरा ध्यान एक फ़ोल्डिंग बेड पर गया और उस पर सेलोफ़ीन में लिपटी एक पोशाक मानो ड्राइक्लीन से अभी-अभी आई थी, साथ में एक कुर्त्ता रखा था।

रैचमैन ने देख लिया कि मेरी नज़र उन पर टिकी थी।

'मैं यहाँ पर कभी-कभी दोपहर में एक झपकी लेने के लिए आ जाता हूँ,' उसने मुझसे कहा।

'गाड़ियों की आवाजाही के शोर से आपको परेशानी नहीं होती?'

उसने कंधे उचकाये। फिर उसने सेलोफ़ीन में लिपटी पोशाक उठाई और हम सीढ़ियाँ उतर गये। वह मेरे आगे चल रहा था, पोशाक दायें हाथ में समेटे, अपना काला ब्रीफ़केस बायें हाथ में पकड़े, एक व्यावसायिक प्रतिनिधि जैसी वेशभूषा, जो अपने घर से प्रांतों के दौरे पर निकल रहा हो। उसने पोशाक सँभाल कर गाड़ी की पिछली सीट पर रख दी और पुनः चालक सीट पर बैठ गया। गाड़ी केन्सिंग्टन गार्डन्स की तरफ़ वापस घुमाई।

'मैंने इनसे बेहद कम आरामदेह जगहों पर रातें काटी हैं...'

अपनी सर्द निगाहों से उसने मेरा चेहरा पढ़ा।

'मैं तकरीबन आपकी उम्र का था...'

हम हॉलैंड पार्क एवेन्यू से गुज़र रहे थे और जल्दी ही उस ढाबे के आगे से निकलने वाले थे जहाँ प्राय: इस पहर में, मैं अपना उपन्यास लिखता था।

'युद्ध खत्म होने पर, मैं एक कैम्प से साफ़ बचकर निकल गया था...मैं एक इमारत के तहख़ाने में सोता था...हर तरफ़ बस चूहे ही चूहे थे, सोचता था कि अगर मुझे नींद आ गई, तो वे मुझे खा जाएँगे...'

उसने हल्का-सा कहकहा लगाया।

'मुझे महसूस होता था कि उन सबकी तरह मैं भी चूहा था।... हालाँकि पिछले चार सालों से लोग मुझे यही मनवाने पर तुले हैं कि मैं वाकई एक चूहा था...'

हमने ढाबे को अपने पीछे छोड़ दिया था। हाँ, मैं रैचमैन को अपने उपन्यास में दाख़िल कर सकता था। मेरे दो पात्र *गार द्यू नॉर* के आस-पास कहीं रैचमैन से टकरायेंगे।

'आपका जन्म इंग्लैंड में हुआ है?' मैंने उससे पूछा।

'नहीं। ल्वोव, पोलैंड में।'

उसने यह बात रुखाई से कही थी और मैं समझ गया कि इस बारे में मुझे अब कुछ और पता नहीं चलेगा।

अब हम हाइड पार्क से गुज़र रहे थे, मार्बल आर्च की दिशा में।

'मैं एक किताब लिखने की कोशिश कर रहा हूँ,' बातचीत का सिरा जोड़ने के लिए, मैंने उससे झेंपते हुए कहा।

'किताब?'

चूँकि उसका जन्म ल्वोव, पोलैंड में, युद्ध से पहले हुआ था और वह इस युद्ध में जीवित बचा रह गया था, वह अब *गार द्यू नॉर* के आस-पास के इलाकों में हो सकता था। यह महज़ एक इत्तफ़ाक की बात थी।

उसने मैरलिबोन स्टेशन के आगे गाड़ी धीमी कर दी और मैंने सोचा कि हम अभी रेलवे पटरी के किनारे कुछ और जर्जर मकान देखने जा रहे हैं। मगर

एक पतली गली से गुज़रते हुए हम रीजेन्ट पार्क पहुँच गये।

'ये रहा, एक समृद्ध मुहल्ला।'

और वह फिर से हँसा, हिनहिनाहट जैसा।

उसने मुझसे ये पते लिखवाये — 125, 127 और 129 पार्क रोड, लॉर्न क्लोज़ के मोड़ पर, बो-विंडो वाले तीन हल्के हरे रंग के मकान, जिनका पिछला हिस्सा आधा ध्वस्त था।

गुच्छे वाली चाभियों पर लगी चिप्पियों को भली-भाँति जाँचने के बाद, उसने बीच वाले मकान का दरवाज़ा खोला। और हम पहली मंज़िल पर थे, एक कमरे में, जो टैलगार्थ रोड वाले कमरे से ज़्यादा बड़ा था। खिड़कियों के काँच सलामत थे।

कमरे के कोने में, वैसा ही फ़ोल्डिंग बेड पड़ा था जैसा टैलगार्थ रोड वाले बँगले में था। वह उस पर बैठ गया और अपना काला ब्रीफ़केस बगल में रख लिया। फिर उसने अपना माथा सफ़ेद रूमाल से पोंछा।

दीवार पर लगा वॉलपेपर जगह-जगह से उखड़ा हुआ था और फ़र्श की पट्टियाँ गायब थीं।

'आप ज़रा खिड़की से बाहर झाँक लेते,' उसने मुझसे कहा। 'नज़ारा देखने के काबिल है।'

वाकई, मुझे रीजेन्ट पार्क के हरे घास के मैदान दिखे और उसके चारों तरफ़ भव्य इमारतों का सामने वाला हिस्सा। संगमरमर-सी चूने की सफ़ेदी और घास के मैदान का हरापन, सुकून और हिफ़ाज़त का एहसास करवा रहे थे।

'अब मैं आपको एक और चीज़ दिखाऊँगा...'

वह उठा, हम एक गलियारे में गये जहाँ छत से बिजली के तार लटक रहे थे और हम एक छोटे से कमरे में पहुँचे, मकान के पिछले हिस्से में। इस कमरे की खिड़की से मैरलिबोन स्टेशन की रेल पटरी दिख रही थी।

'दोनों तरफ़ की अपनी ख़ूबसूरती है, है ना मेरे दोस्त,' रैचमैन ने मुझसे कहा।

फिर हम लोग रीजेन्ट पार्क की तरफ़ वाले कमरे में वापस आ गये।

वह फिर से फ़ोल्डिंग बेड पर बैठ गया और अपना काला ब्रीफ़केस खोल लिया। उसमें से उसने पन्नी में लपेटे हुए दो सैंडविच बाहर निकाले। उनमें से एक उसने मुझे पेश किया। मैं उसके सामने ज़मीन पर बैठ गया।

'सोच रहा हूँ कि इस मकान को मैं इसी तरह छोड़ दूँ और यहीं पर स्थायी तौर पर रहने आ जाऊँ...'

उसने अपना सैंडविच दाँत से काटा। मुझे सेलोफ़ीन में लपेटी हुई पोशाक का ख़याल आया। अभी उसने जो कपड़े पहने हुए थे, उसमें सिलवटें पड़ी हुई थीं, यहाँ तक कि उसकी जैकेट का एक बटन भी गायब था और उसके जूते कीचड़ से सने थे। वह, जिसे सफ़ाई की इतनी ख़ब्त, इतनी फ़िक्र रहती थी, और जो कीटाणुओं के ख़िलाफ़ इतनी शिद्दत से लड़ाई लड़ता था, उसे किसी-किसी दिन देखकर ऐसा लगता था, जैसे वह मैदान छोड़ कर भाग रहा था, और आहिस्ता-आहिस्ता, एक भिखमंगे में तब्दील होता जा रहा था।

उसने अपना सैंडविच खा लिया और बेड पर लेट गया। फिर हाथ बढ़ा कर अपने काले ब्रीफ़केस को खंगाला जिसे उसने बिस्तर के पास ज़मीन पर रख दिया था। उसमें से उसने चाभियों का गुच्छा निकाला और उस गुच्छे में से एक चाभी अलग निकाल ली।

'लीजिए... इसे रखिए और एक घंटे बाद मुझे जगा दीजिएगा। आप रीजेन्ट पार्क में सैर करने जा सकते हैं।'

उसने दीवार की ओर मुँह करके करवट ले ली और एक लम्बी आह भरी।

'मैं आपको चिड़ियाघर घूमने की सलाह दूँगा। एकदम नज़दीक में है।'

मैं एक क्षण के लिए खिड़की के सामने, धूप के एक टुकड़े के बीच, जड़वत खड़ा रहा, इससे पहले कि मुझे पता चलता, वह नींद के आग़ोश में जा चुका था।

एक रात जब हम, जैकलीन और मैं, चेपस्टोव विलाज़ वापस लौट रहे थे, लिंडा के दरवाज़े के नीचे से रोशनी की एक लकीर छनकर आ रही थी। जमैकाई संगीत फिर से गूँज उठा था, देर रात तक और अपार्टमेंट गाँजे की महक में सराबोर हो गया था, शुरुआत के दिनों में जब हम वहाँ रहते थे, वैसा ही।

डॉलफ़िन स्क्वेयर पर, टेम्स नदी के किनारे की रिहायशी इमारतों में, पीटर रैचमैन अपने फ़्लैट में दावतें देता था और लिंडा हमें वहाँ अपने साथ खींच कर ले जाती थी। वहाँ हमें माइकल सावुन्डरा मिल गया। वह पिछले कुछ दिनों से लंदन से गायब था, उसे पेरिस में कुछ फ़िल्म निर्माताओं से मुलाकात करनी थी। पियेर्र रूस्ताँग ने स्क्रीनप्ले पढ़ा था और उसमें दिलचस्पी दिखाई थी। पियेर्र रूस्ताँग। बिना चेहरे का एक और नाम, जो मेरी स्मृति में तैरता रहता है, लेकिन जिसके लफ़्ज़ों में एक ख़ास खनक है, उन सभी नामों की तरह जो बीस साल की उम्र में हमने सुने थे।

रैचमैन की पार्टी में किस्म-किस्म के लोग शरीक होते थे। कुछ महीनों के अंदर, ठंडी हवा के झोंके लंदन को नये गीत-संगीत, चमकदार लिबासों के साथ अपने आग़ोश में ले लेंगे और मुझे लगता है कि डॉलफ़िन स्क्वेयर पर, इन शामों के दौरान, उस भीड़ में, मैं कुछ ऐसे लोगों से टकराया था, जो अचानक युवा हुए इस शहर में, एक हस्ती बनने वाले थे।

अब मैं सुबह में नहीं बल्कि आधी रात के बाद लिखता था। मैं सुकून और ख़ामोशी का फ़ायदा नहीं उठाना चाहता था। बस यूँ ही, काम शुरू करने का वक्त टालता रहता था और हर बार, अपने आलस पर जीत पाने में कामयाब

हो जाता था। मैंने यह वक्त एक और वजह से भी चुना था। मैं डरता कि फिर से वही ख़ौफ़ मुझ पर हावी न हो जाये जैसा लंदन में शुरू-शुरू के दिनों में, मैंने अक्सर महसूस किया था।

निस्संदेह जैकलीन को भी ऐसी ही चिंता होती थी, लेकिन उसके लिए ज़रूरी था कि उसके आस-पास लोग रहें और हल्ला-गुल्ला होता रहे।

आधी रात को, अपार्टमेंट से वह लिंडा के साथ निकल जाती थी। वह रैचमैन की पार्टियों में जाती थी या किन्हीं गुमनाम जगहों पर, नौटिंग हिल की तरफ़। रैचमैन के यहाँ, ढेर सारे लोगों से मुलाकात होती थी और वे भी अपने घर आने का न्यौता देते थे। लंदन में पहली बार — सावुन्डरा कहता था — किसी आंचलिक शहर में रहने जैसा एहसास अब नहीं हो रहा था — हवा में तरंगें थीं, वे कहते थे।

मुझे याद है जब हम लोग आख़िरी बार पैदल घूमे थे। डॉलफ़िन स्क्वेयर पर, रैचमैन के घर तक मैं उसके साथ जा रहा था। मैं नहीं चाहता था कि घर के अंदर जाऊँ और उन लोगों के बीच में रहूँ। वापस अपार्टमेंट लौटने का ख़याल मुझे थोड़ा डरा रहा था। फिर से मुझको, कोरे कागज़ पर वाक्य पिरोने पड़ेंगे, लेकिन मेरे पास कोई और चारा नहीं था।

उन शामों को, हम टैक्सी ड्राइवर से विक्टोरिया स्टेशन के आगे रुकने को कहते थे। और वहाँ से, टेम्स नदी तक पैदल चलते थे, पिमलीको की सड़कों को पार करते हुए। वह जुलाई का महीना था। उमस भरी गर्मी थी, लेकिन हर बार जब हम किसी उद्यान की लोहे की जालियों के किनारे से होते हुए निकलते थे, सदाबहार झाड़ियों और नींबू के पेड़ों की खुशबू और मंद हवा से सराबोर हो जाते थे। मैं उसे ड्योढ़ी पर ही छोड़ देता था। डॉलफ़िन स्क्वेयर की रिहायशी इमारतें चाँदनी में अलग से दिख रही थीं। फुटपाथ पर पेड़ों की परछाईं पड़ रही थी और उनके पत्ते स्थिर थे। हवा का हल्का-सा भी झोंका नहीं था। नदी के दूसरी तरफ़ वाले घाट पर, टेम्स नदी के किनारे, शिकारे पर एक रेस्तराँ था, उसकी चमकीली तख़्ती झंडे की तरह ऊँची थी और पुलिया पर बने प्रवेशद्वार पर, द्वारपाल तन कर खड़ा था। लेकिन ज़ाहिर तौर पर, उस रेस्तराँ में कोई भी नहीं आता था। मैं उस आदमी को ग़ौर से देखता रहता था, अपनी वर्दी में

हमेशा के लिए जकड़ा हुआ। उस समय, घाट पर गाड़ियों की आवाजाही रुक सी जाती थी और अंततः मैं वहाँ पहुँच गया था जहाँ भरी गर्मियों की उदासी और ख़ामोशी होती है।

~

चेपस्टोव विलाज़ लौट कर आने पर, बिस्तर पर लेटे–लेटे, मैं लिखता रहता था। उसके बाद, बत्ती बुझा देता था और अंधेरे में इंतज़ार करता रहता था। वह करीब सुबह के तीन बजे वापस आती थी, हमेशा अकेली। कुछ दिनों से, लिंडा फिर से गायब हो गई थी।

वह आहिस्ते से दरवाज़ा खोलती थी। मैं नींद में होने का ढोंग करता था।

उसके बाद, कुछ दिन गुज़र जाने पर, मैं भोर तक आँखें बिछाये रहता था, मगर मुझे सीढ़ियों में उसके कदमों की आहट फिर कभी सुनाई नहीं पड़ी।

कल, शनिवार 1 अक्तूबर 1994 को, मैं *प्लास द 'इताली* से, मेट्रो में, अपने घर वापस आया। मैं एक दुकान में फ़िल्म की कैसेट ढूँढने गया था जिसके यहाँ — कथित रूप से — अन्य दुकानों से बेहतर सामान मिलता था। मैंने एक अरसे से प्लास द 'इताली को नहीं देखा था और यह जगह खासी बदल गई थी, गगनचुम्बी इमारतों की वजह से।

मेट्रो की बोगी में, मैं दरवाज़े के पास खड़ा था। मेरी बायीं तरफ़, कोने में बेंच पर एक औरत बैठी थी और मेरा ध्यान उस पर चला गया था क्योंकि उसने धूप का चश्मा, खाकी रंग की एक पुरानी बरसाती पहनी हुई थी और स्कार्फ़ ठोड़ी पर बाँधे थी। मुझे लगा कि वह जैकलीन थी। मेट्रो *आग्यूस्त-ब्लाँकी* मार्ग से गुज़र रही थी। दिन के उजाले में मुझे उसका चेहरा दुबला लग रहा था। उसके नैन-नक्श, मैं बहुत अच्छी तरह पहचान रहा था। यह वही थी, धीरे-धीरे मुझे इस बात का यकीन होता जा रहा था।

वह मुझे नहीं देख रही थी। उसकी आँखें धूप के चश्मे के पीछे छुपी हुई थीं।

कौर्विज़ार स्टेशन पर वह उठी और मैंने प्लेटफ़ॉर्म पर उसका पीछा किया। उसने हाथ में एक शॉपिंग बैग पकड़ा हुआ था और थकी-माँदी सी चल रही थी, लगभग लड़खड़ाते हुए, जो पुराने दिनों जैसी चाल नहीं थी। मैं नहीं जानता क्यों, मैंने पिछले कुछ दिनों से अक्सर उसे सपने में देखा था, भूमध्यसागर के एक मछुआरा बंदरगाह पर, धूप में, ज़मीन पर बैठी हुई, अनवरत बुनाई करते हुए। उसके बगल में, एक कटोरा था, जिसमें राहगीर सिक्के आते जाते डालते रहते थे।

उसने *आग्यूस्त-ब्लाँकी* मार्ग पार किया और वह *कौर्विज़ार* मार्ग पर मुड़

गई। मैं उसके पीछे सड़क की ढलान पर उतरा। वह एक किराने की दुकान में गई। जब वहाँ से बाहर निकली, उसकी चाल से मुझे एहसास हुआ कि उसका शॉपिंग बैग और भारी हो गया था।

उद्यान से पहले एक चौक है, एक कॉफ़ी हाउस पर मुस्कादेत जूनियर की नाम–पट्टिका है। मैंने शीशे के पार देखा। वह काउन्टर के सामने खड़ी थी, शॉपिंग बैग कदमों में और वह अपने लिए गिलास में बियर उड़ेल रही थी। मेरा उसके पास जाकर, उससे बात करने का मन नहीं किया, न ही उसका पता जानने के लिए अब उसका और पीछा करने का। मुझे डर था कि इतने बरसों के बाद, अब उसे मेरी याद नहीं होगी।

और आज, शरद के पहले इतवार को, मैं ख़ुद को मेट्रो की उसी लाइन पाता हूँ। जो *सैं–जाक* मार्ग के पेड़ों के ऊपर से गुज़र रही है। उनके पत्ते पटरियों पर झुके हुए हैं। मुझे लग रहा था जैसे मैं आसमान और ज़मीन के बीच हूँ और ख़ुद से दूर भागने का–सा एहसास हो रहा है। कुछ भी मुझे किसी भी चीज़ से नहीं बाँधता। अभी–अभी, *कौर्विज़ार* स्टेशन, जो शीशे की मंडपनुमा छत के कारण किसी आंचलिक स्टेशन जैसा लगता है, वहाँ से बाहर निकलने पर, कुछ ऐसा एहसास होगा जैसे मैं वक्त के फ़ासलों पर फिसल रहा हूँ और हमेशा–हमेशा के लिए ओझल हो जाऊँगा। मैं सड़क की ढलान से उतरूँगा और शायद जैकलीन से संयोग से मुलाकात हो जाए। वह ज़रूर इसी मुहल्ले में कहीं रहती होगी।

~

पंद्रह साल पहले, मुझे याद है, मेरी तब भी मेरी यही मन:स्थिति थी। अगस्त की एक दोपहर में, मैं *बूलौन्य–बिलॉनकूर* के महापौर के दफ़्तर में एक जन्म प्रमाण–पत्र खोजने गया था। *पोर्त्त द'ओतई* और उपवन व दौड़ के मैदान के पास से गुज़रती सड़क से पैदल वापस आया था। मैं अस्थायी तौर पर एक होटल के कमरे में रह रहा था, घाट की तरफ़, *त्रोकादेरो* के बागानों के पीछे। उस समय तक मुझे मालूम नहीं था कि मैं स्थायी रूप से पेरिस में रहूँगा या फिर

'सागर तट के कवि और उपन्यासकार' पर जो किताब मैंने शुरू की थी उसे पढ़ना जारी रखते हुए, कुछ समय के लिए *ब्यूनो आयर्स* में रहूँगा, उस अरजेंटीनी कवि की तलाश में जिसके कुछ छंदों ने मन में कुतूहल जगाया था—

बीती रात श्नीडर की हत्या हो गई
पाराग्वेई महिलाओं के बार में
उसकी आँखें नीली और चेहरा एकदम ज़र्द था...

खिली धूप वाली जाती हुई दोपहर। पोर्त्त द'ला म्यूएत्त पहुँचने से एकदम पहले, मैं सार्वजनिक उद्यान की एक बेंच पर बैठा हुआ था। यह मुहल्ला मेरे मन में बचपन की स्मृतियाँ जगाता था। 66 नम्बर बस, जो मैं *सैं-जरमां-दे-प्रे* से पकड़ता था वह *पोर्त्त द'ला म्यूएत्त* पर रुक जाती थी और फिर शाम के करीब छह बजे तक, उस बस का इंतज़ार करना पड़ता था, समूचा दिन बूलौन्य उपवन में गुज़ारने के बाद। मगर मैंने ताज़ा स्मृतियाँ बटोरने की लाख कोशिश की, वे किसी पूर्वजन्म से संबंधित थीं जिसके बारे में मुझे पूरी तरह से यकीन नहीं था कि वह मेरी ही ज़िंदगी थी।

मैंने अपनी जेब से अपना जन्म प्रमाण-पत्र निकाला। मेरा जन्म 1945 की गर्मियों में हुआ था और एक दिन दोपहर में, करीब पाँच बजे, मेरे पिता महापौर के दफ़्तर में बहीखाते में दस्तख़त करने के लिए आये थे। मुझे जो फ़ोटोकॉपी दी गई थी, उस पर मैं उनके दस्तख़त देख पा रहा था, एक धुँधला दस्तख़त। उसके बाद वे पैदल वापस घर लौट गये थे, उस गर्मी की सुनसान सड़कों से, जहाँ निःस्तब्धता में साइकिल की खनखनाती घंटियाँ सुनाई देती थीं। और उस दिन भी आज ही जैसा मौसम था, आज ही की तरह खिली धूप वाला तीसरा पहर।

मैंने जन्म-प्रमाणपत्र अपनी जेब में रख लिया था। मैं किसी ख़्वाब में था, जिससे जागना बहुत ज़रूरी था। वर्तमान से जोड़ने वाली कड़ियाँ खिंचती ही चली जा रही थीं। यह वाक़ई बड़े अफ़सोस की बात होती, अगर इस बेंच पर, मैं याददाश्त खोने की-सी स्थिति में पहुँच जाता, धीरे-धीरे अपनी पहचान खो बैठता और राहगीरों को अपना पता बता पाने में नाक़ामयाब रहता... ग़नीमत से मेरी जेब में यह जन्म-प्रमाणपत्र था, पेरिस में गुम उन कुत्तों की तरह जिनके गले के पट्टे पर उनके मालिक का पता और टेलीफ़ोन नम्बर लिखा होता है... और मैं

ख़ुद को समझाने का यत्न कर रहा था कि मुझे ऐसी अस्थिरता का एहसास क्यों हो रहा था। मैं कई हफ़्तों से किसी से नहीं मिला था। वे जिन्हें मैंने फ़ोन किया था, छुट्टियों से वापस नहीं आये थे। इसके अलावा, मैंने शहर से दूर होटल चुनने की गलती की थी। गर्मियों की शुरुआत में, मेरा इरादा वहाँ पर सिर्फ़ थोड़े दिनों के लिए रहने और एक छोटा फ़्लैट या स्टूडियो अपार्टमेंट किराये पर लेने का था। दुविधा मेरे अंदर घर कर गई थी। क्या वाकई मेरी ख़्वाहिश पेरिस में रहने की थी? जब तक गर्मियों का मौसम रहेगा, मुझे महज़ एक सैलानी होने का भ्रम रहेगा, लेकिन शरद ऋतु के आरंभ से, सड़कें, लोग, चीज़ें बदस्तूर अपना रंग ओढ़ लेंगी — स्लेटी रंग। और मैं सोचता था कि तब भी मेरे अंदर हौसला बाकी रहेगा कि फिर से उस रंग में घुल जाऊँ।

मैं निस्संदेह अपने जीवन के एक दौर के अंत तक पहुँच गया था। यह दौर पंद्रह सालों तक चला था और अभी मैं समय के ठहराव से गुज़र रहा था, एक नया आवरण पहनने से पहले। मैं पंद्रह साल पीछे जाने की कोशिश कर रहा था। उस दौर में भी, कोई चीज़ अपने अंत को पा चुकी थी। मैं अपने माता-पिता से दूर होता जा रहा था। मेरे पिता मिलने के लिए मुझे कॉफ़ी हाउस के पीछे वाले कमरे में, होटल की लॉबी और स्टेशन के भोजनालयों में बुलाते थे, मानो वे मुझसे छुटकारा पाने और अपने राज़ के साथ भाग जाने के लिए, ऐसी अस्थायी जगहें ढूँढते थे। हम लोग खामोश रहते थे, एक-दूसरे के सामने बैठे हुए। समय-समय पर, वे मुझ पर एक तिरछी नज़र डालते थे। मेरी माँ मुझसे ज़्यादा-से-ज़्यादा ऊँची आवाज़ में बोलती थीं, मैं उनके होंठों की असंगत हरकतों से अनुमान लगाता था, क्योंकि हमारे बीच में खिड़की का शीशा होता था जिसमें आवाज़ डूब जाती थी। और फिर उसके बाद के पंद्रह साल तितर-बितर हो गये। मुश्किल से कुछ धुँधले चेहरे, कुछ धुँधली यादें, कुछ राख... इस बात का मुझे कोई दुःख नहीं होता था, बल्कि उल्टे राहत महसूस होती थी। मैं शून्य से एक नई शुरुआत करूँगा। उन सिलसिलेवार मनहूस दिनों में, जो अभी भी अलग लगते थे, यही वे दिन थे जब मेरी जान-पहचान जैकलीन और वाँ बीवर से हुई थी। वही प्रसंग क्यों घटित हुआ किसी और के बजाय? संभवतः क्योंकि वह प्रसंग अधर में लटका रह गया था।

जिस बेंच पर मैं अभी बैठा था, वह छाँव में थी। मैंने घास का छोटा मैदान पार किया और धूप में बैठ गया। मैं हल्का महसूस कर रहा था। अब मेरी किसी के प्रति जवाबदेही नहीं थी, न ही दबी ज़ुबान में सफ़ाइयाँ देने या झूठ बोलने की ज़रूरत थी। मैं कोई और बन जाने वाला था और यह कायाकल्प इतना अगाध होगा कि वे सभी, जिनसे मैं पिछले पंद्रह सालों में टकराया था, अब मुझे पहचान भी नहीं पायेंगे।

~

मुझे अपने पीछे मोटर का शोर सुनाई पड़ रहा था। सार्वजनिक उद्यान और सड़क के कोने पर कोई अपनी गाड़ी लगा रहा था। मोटर बंद कर दी गई। गाड़ी के दरवाज़े के बंद होने की आवाज़ आई। एक औरत सार्वजनिक उद्यान के लोहे की जाली के किनारे-किनारे चल रही थी। उसने पीले रंग का गर्मियों का लिबास और धूप का चश्मा पहना हुआ था। उसके बाल हल्के भूरे थे। मैं उसका चेहरा ठीक से नहीं देख पाया था मगर मैंने उसकी चाल तुरंत पहचान ली, एक अलसायी-सी चाल। उसकी गति धीमी होती चली जा रही थी, मानो पक्का नहीं था कि वह किस दिशा में जाये। और फिर, लगा जैसे उसे अपना रास्ता मिल गया। वह जैकलीन थी।

मैं उद्यान से निकला और उसका पीछा किया। आगे बढ़कर, उसे पकड़ने की मेरी हिम्मत नहीं हो रही थी। शायद मैं उसे अच्छी तरह याद न होऊँ। पंद्रह साल पहले उसके बाल थोड़े छोटे थे लेकिन यह चाल किसी और की नहीं हो सकती थी।

वह उन इमारतों में से एक के अन्दर चली गई। अब उस तक पहुँच कर उससे बात करने के लिए बहुत देर हो गई थी। और किसी भी सूरत में, उससे कहता क्या मैं? यह सड़क *के द ला तूरनेल* और कैफ़े *दॉन्त* से इतनी दूर थी... मैं इमारत के प्रवेशद्वार पर गया और नम्बर नोट कर लिया। क्या वाकई उसका घर यहीं पर था? या फिर वह अपने दोस्तों से मिलने यहाँ आई थी? आखिर में, मैं यह सोचने लगा कि क्या कोई किसी को पीछे से उसकी चाल से पहचान

सकता है? मैं वापस मुड़ कर उद्यान की तरफ़ गया। उसकी गाड़ी वहीं पर थी। मेरा मन ललका कि गाड़ी की विंडस्क्रीन पर, उसके लिए अपने होटल के टेलीफ़ोन नम्बर सहित एक संदेश छोड़ दूँ।

न्यूयार्क एवेन्यू के गैराज पर, वह गाड़ी मेरा इंतज़ार कर रही थी जिसे एक दिन पहले मैंने किराये पर लिया था। अपने होटल के कमरे में मुझे यह ख़याल आया था। अगस्त महीने में पेरिस का यह मुहल्ला मुझे एकदम खाली लग रहा था और पैदल चलना या मेट्रो में सफ़र करना इतना एकाकी कि अपने इस्तेमाल के लिए एक गाड़ी का हाज़िर रहना तसल्लीबख़्श था। किसी पल, अगर मैं चाहूँ तो पेरिस छोड़ के जा सकता हूँ, यह एहसास बना रहेगा। पिछले पंद्रह सालों में, मुझे महसूस हुआ था, जैसे मैं औरों के और ख़ुद की कैद में रहा हूँ और मेरे सारे ख़्वाब एक जैसे होते थे : पलायन के ख़्वाब, ट्रेन से रवानगी के सपने और मेरी ट्रेन बदकिस्मती से छूट जाती थी। मैं स्टेशन तक कभी नहीं पहुँच पाता था। मेट्रो के गलियारों में भटकता रह जाता था और प्लेटफ़ॉर्म तक पहुँचने पर, ट्रेन कभी आती ही नहीं थी। मैं यह भी ख़्वाब देखता था कि अपने घर से निकल कर मैं एक बड़ी अमरीकन गाड़ी में बैठ गया हूँ जो जंगल की दिशा में, बगैर किसी आवाज़ के, सुनसान सड़कों पर फिसलती चली जा रही थी और मुझे हल्केपन और सुकून की अनुभूति हो रही थी।

गैराजवाले ने मुझे चाभी थमाई और जब गाड़ी पीछे करते समय मैंने एक पेट्रोल पम्प में लगभग टक्कर मार दी थी, उस वक्त उसके चेहरे पर मैंने हैरानगी देखी। अगली लाल बत्ती पर, नहीं रुक पाने का डर मुझे खाये जा रहा था। मेरे सपनों में ऐसा ही होता था। गाड़ी के ब्रेक फ़ेल हो जाते थे, मैं सारी लाल बत्तियाँ लाँघता जाता था और वर्जित दिशा में चलने लगता था।

मैं गाड़ी को अपने होटल के सामने लगाने में कामयाब हो गया और मैंने चौकीदार से डायरेक्टरी माँगी। उस एवेन्यू के उस नम्बर पर कोई जैकलीन नहीं थी। पंद्रह साल हो गये हैं, उसने बेशक शादी कर ली होगी। मगर किसकी बीवी थी वह?

दलोर्म (पी.)

दैंतियाक

जोन्स (इ. सेसिल)

लाकोस्त (रने)

वॉल्टर (जे.)

सान्चेज़-सीरेस

विदाल

अब सिर्फ़ इन सब नामों को मुझे फ़ोन करना था।

मैंने टेलीफ़ोन बूथ से पहला नम्बर मिलाया। देर तक घंटी बजती रही। फिर किसी ने फ़ोन उठाया। एक पुरुष की आवाज़ थी—

'जी... हेलो?'

'क्या मैं जैकलीन से बात कर सकता हूँ?'

'आपने ज़रूर ग़लत नम्बर मिलाया है, सर।'

मैंने फ़ोन रख दिया। अब मुझमें दूसरे नम्बर मिलाने की हिम्मत बाकी नहीं रह गई थी।

~

होटल से बाहर निकलने के लिए मैंने रात ढलने का इंतज़ार किया। मैं गाड़ी में बैठा और इंजन चालू किया। मैं जो पेरिस को भली-भाँति जानता था और जिसने *पोर्त्त द'ला म्यूएत्त* जाने के लिए छोटे-से-छोटा रास्ता लिया होता अगर पैदल जाना होता तब, वही बेमकसद गाड़ी घुमाये जा रहा था। मैंने लम्बे समय से गाड़ी नहीं चलाई थी और मुझे पता नहीं था कि किन सड़कों पर एक ही दिशा में चलना है। मैंने बिलकुल सीधे चलते रहने का निर्णय लिया।

के द पास्सी और *वेरसायी* एवेन्यू से मैंने एक लम्बा यू-टर्न लिया। उसके बाद मैं *म्यूरा* मार्ग पर मुड़ गया। मैं लाल बत्तियाँ लाँघ सकता था, लेकिन उनका पालन करने में मुझे तृप्ति हो रही थी। मैं गाड़ी धीरे-धीरे चला रहा था, वैसी ही मस्तमौला गति से जैसी गर्मियों की किसी शाम में, कोई सागर तट पर टहल रहा हो। लाल बत्तियाँ, अपने रहस्यमय और दोस्ताना इशारों से सिर्फ़ मुझे ही सम्बोधित कर रही थीं।

मैं एक इमारत के प्रवेशद्वार पर रुक गया, सड़क के दूसरी तरफ़, उपवन की शुरुआत में पेड़ों की छाँव में, वहाँ जहाँ सड़क की बत्तियों ने एक हिस्सा अंधेरा छोड़ दिया था। काले लोहे के फ्रेम में जड़े, ड्योढ़ी के दोनों दरवाज़े जगमगा रहे थे पूर्ण विराम और आख़िरी मंज़िल की खिड़कियाँ भी। ये खिड़कियाँ पूरी खुली हुई थीं और एक बालकनी में, मुझे कुछ परछाइयाँ नज़र आईं। मैं संगीत और बातचीत की खुसर-पुसर सुन रहा था। इमारत के किनारे गाड़ियाँ आकर लग गई थीं और मुझे यकीन था कि जो लोग उनमें से निकल रहे थे और ड्योढ़ी पार कर रहे थे, वे सभी चढ़ कर आख़िरी मंज़िल पर जा रहे थे। एक बार, कोई बालकनी से झुका और उन दो आकृतियों को पुकारा जो इमारत में घुसने के लिए बढ़ रही थीं। एक स्त्री की आवाज़ थी। वह उन दोनों को मंज़िल बता रही थी। मगर यह जैकलीन की आवाज़ नहीं थी, या कम-से-कम मैंने यह आवाज़ नहीं पहचानी। बजाय इसके कि थोड़ी देर और वहाँ रह कर निगरानी करूँ, मैंने ऊपर जाने की ठानी। अगर जैकलीन ही अगवानी कर रही होगी तो मुझे अंदाज़ा नहीं था कि उसकी प्रतिक्रिया क्या होगी, बिन बुलाये, मुझे अपने घर में आता देख कर, एक शख़्स जिसकी पंद्रह सालों से कोई खोज-ख़बर नहीं थी। हम दोनों का साथ बहुत छोटी अवधि के लिए रहा था, तीन या चार महीने। पंद्रह सालों की तुलना में यह बहुत कम है। लेकिन निश्चित तौर पर वह यह दौर भूली नहीं होगी... बशर्ते उसकी मौजूदा ज़िन्दगी ने उसे मिटा न दिया हो, स्पॉट लाइट की चौंधिया देने वाली किरणों की तरह जो हर उस चीज़ को अंधेरे में डुबा देती हैं जो उनके दायरे से बाहर होती है।

मैंने बाकी मेहमानों के आने का इंतज़ार किया। इस बार, तीन लोग थे। उनमें से एक ने आख़िरी मंज़िल की बालकनी की तरफ़ हाथ से इशारा किया।

जिस वक्त वे उस रिहायशी इमारत के भीतर जा रहे थे, मैं भी उनके साथ हो लिया। दो पुरुष और एक स्त्री। मैंने उन्हें सलाम किया। उनकी तरफ़ से कोई शुबहा नहीं था, वहाँ ऊपर, मैं भी आमंत्रित होऊँगा।

~

हम लोग लिफ़्ट से ऊपर गये। दोनों पुरुषों की बोली में एक अलग लहज़ा था लेकिन महिला फ्राँसीसी थी। वे उम्र में मुझसे थोड़े बड़े थे।

मैं ज़बरदस्ती मुस्कुराया। मैंने स्त्री से कहा :

'वहाँ ऊपर, माहौल बड़ा ख़ुशनुमा होगा ना...' वह भी, मुझे देखते हुए मुस्कुराई।

'आप दारियूस के दोस्त हैं?' महिला ने मुझसे पूछा।

'नहीं। मैं जैकलीन का दोस्त हूँ।'

लगा जैसे उसे समझ में नहीं आया।

'मैंने एक मुद्दत से जैकलीन को नहीं देखा,' मैंने कहा। 'वह ठीक है?'

महिला ने भौहें सिकोड़ीं,

'मैं उसे नहीं जानती।'

फिर उसने उन दो जनों से अंग्रेज़ी में कुछ कहा। लिफ़्ट रुक गई। उनमें से एक आदमी ने घंटी बजाई। मेरी हथेलियों में पसीना आ रहा था। दरवाज़ा खुला और मुझे अन्दर से आती बातों की खुसुर-पुसुर और संगीत सुनाई दिया। एक आदमी, भूरे बाल पीछे को काढ़े हुए, साँवला रंग, वह मुस्कुराते हुए हमें देख रहा था। उसने बादामी रंग का सूट पहना हुआ था। महिला ने उसके दोनों गालों को चूमा— (फ्राँस में अभिवादन का अंदाज़)

'हेलो, दारियूस।'

'हेलो, मेरी।'

उसकी आवाज़ भारी थी और हल्का सा ख़ास लहज़ा था। उन दोनों पुरुषों ने भी 'हेलो दारियूस' कह कर उसका अभिवादन किया। मैंने बगैर कुछ कहे, उससे हाथ मिलाया मगर वह मेरी मौजूदगी से अचंभित नहीं लग रहा था।

हमारे आगे-आगे उसने एक गलियारा पार किया और हम लोग एक बैठक में पहुँचे, जिसकी बड़ी खिड़कियाँ खुली हुई थीं। मेहमान छोटे-छोटे झुण्ड में खड़े थे। दारियूस और वे तीन लोग जिनके साथ मैं लिफ़्ट से ऊपर आया था वे एक छज्जे की तरफ़ बढ़ रहे थे। मैं उनके पीछे-पीछे चल पड़ा। छज्जे पर निकलते ही एक जोड़े ने उन्हें रोक लिया और उन लोगों के बीच गुफ़्तगू शुरू हो गई।

मैं पीछे ही खड़ा रहा। वे मुझे भूल गये थे। मैं कमरे में पीछे कोने में चला गया और एक सोफ़े के छोर पर बैठ गया। इसी सोफ़े के दूसरे छोर पर, दो युवा, एक-दूसरे से चिपके बैठे, दबी आवाज़ में बातें कर रहे थे। कोई भी मुझ पर ज़रा-सा भी ध्यान नहीं दे रहा था। इस हुजूम में, मैं जैकलीन को खोजने की कोशिश कर रहा था। तकरीबन बीस लोग थे। मैं दारियूस नामक आदमी को गौर से देख रहा था, वहाँ, बालकनी की चौखट पर, बादामी सूट में, एक बेहद छरहरी काया। मेरे हिसाब से उसकी उम्र चालीस साल होगी। क्या यह संभव था कि यह दारियूस जैकलीन का पति हो? बातचीत का कोलाहल, संगीत में डूब गया था जो छज्जों से आता प्रतीत हो रहा था।

मैंने चाहे कितनी कोशिश कर ली हो, एक-एक करके हर औरत को घूरने की, लेकिन मुझे जैकलीन नहीं दिख रही थी। मैं ग़लत मंज़िल पर आ गया था। मुझे तो इस बात की भी आश्वस्ति नहीं थी कि वह इसी इमारत में रहती थी। दारियूस अब बैठक के बीचोबीच था, मुझसे कुछेक मीटर की दूरी पर, एक बेहद संभ्रान्त स्त्री के संग, जो उसे बड़े ध्यान से सुन रही थी। थोड़ी-थोड़ी देर में वह हँस रही थी। मैं कान लगाए हुए था यह जानने के लिए कि वह किस भाषा में बात कर रहा था, लेकिन संगीत में उसकी आवाज़ दब गई थी। क्यों न इस आदमी की तरफ़ बढ़ कर पूछ लिया जाये कि जैकलीन कहाँ पर है? वह अपनी भारी, सुसंस्कृत आवाज़ में, इस रहस्य का उद्घाटन कर देगा, जो वास्तव

में कोई रहस्य नहीं था कि क्या वह जैकलीन को जानता था, क्या वह उसकी बीवी थी या फिर वह किस मंज़िल पर रहती थी। बस इतनी-सी बात थी। वह मेरे रू-ब-रू था। अब वह सुनहरे बालों वाली स्त्री की बातें सुन रहा था और उसकी नज़रें इत्तफ़ाक से, मुझ पर टिक गई थीं। पहले, मुझे ऐसा महसूस हुआ कि वह मुझे नहीं देख रहा था। और फिर, उसने मेरी तरफ़ देखते हुए प्यार से हाथ से इशारा किया। वह हैरान लग रहा था कि मैं इस दीवान पर अकेला बैठा हूँ, किसी से बात नहीं कर रहा हूँ, लेकिन मैं अब बहुत आराम से था, बनिस्पत उसके जब मैं अपार्टमेंट में घुसा था और पंद्रह साल पहले की एक स्मृति मेरे ज़हन में उभर आई। हम लोग मैं और जैकलीन, चारिंग क्रॉस स्टेशन पर, शाम पाँच बजे के करीब लंदन पहुँचे थे। होटल जो हमने एक गाइडबुक में से चुना था वहाँ तक जाने के लिए हमने एक टैक्सी ले ली थी। हम दोनों में से कोई भी लंदन से परिचित नहीं था। जिस वक्त टैक्सी ठंडी सड़क पर मुड़ी और पेड़ों की घनी छाँव वाला यह रास्ता मेरे आगे उजागर हुआ, मेरे जीवन के पहले बीस साल धूल में समा गये, जैसे एक बोझ, हथकड़ियाँ हों या एक कवच जिनसे मुझे किसी दिन छुटकारा मिलेगा, ऐसा मैंने सोचा नहीं था। और सही में हुआ भी वही, अब उन बरसों का कुछ भी शेष नहीं रह गया था। और अगर उस शाम को मुझे जिस आनन्द की अनुभूति हो रही थी वह महज़ एक क्षणिक उन्माद था, तब अपने जीवन में पहली बार मैं ख़ुश था।

कुछ देर बाद, रात ढल चुकी थी और हम एनीसमोर गार्डन्स के आस-पास टहल रहे थे। हम लोग एक उजड़े हुए बाग़ की लोहे की जाली वाली बाड़ के किनारे-किनारे चल रहे थे। खिलखिलाहटें, संगीत की स्वरलहरियाँ और बातचीत का हो-हल्ला किसी एक घर की ऊपरी मंज़िल से आ रहा था। खिड़कियाँ पूरी खुली हुई थीं और रोशनी में, कुछ साये साफ़ दिख रहे थे। हम वहीं ठहरे रहे, बाग़ान की बाड़ के सहारे। मेहमानों में से एक, जो बालकनी के किनारे पर बैठा हुआ था, उसने हमें देख लिया था और इशारे से हमें ऊपर आने को कहा। बड़े शहरों में, गर्मियों में, वे लोग जो एक अरसे तक नज़रों से ओझल रहते हैं या वे जो एक-दूसरे को जानते नहीं हैं, किसी खुली जगह पर मिलते हैं, और एक बार फिर से एक-दूसरे से बिछड़ जाते हैं। और असल में किसी चीज़

की कोई अहमियत नहीं होती।

दारियूस मेरे करीब आया—

'आपके दोस्त खो गये?' मुस्कुराते हुए उसने मुझसे पूछा।

मुझे यह समझने में ज़रा वक्त लगा कि उसका इशारा किसकी तरफ़ था, लिफ़्ट वाले तीन लोगों की तरफ़।

'दरअसल वे मेरे दोस्त नहीं हैं।' मगर तुरन्त मुझे इन अल्फ़ाज़ों का अफ़सोस हुआ।

'मैं ज़्यादा दिनों से उन्हें नहीं जानता,' मैंने उससे कहा। 'और आपके यहाँ मुझे साथ लाने का नेक ख़याल उन्हें आ गया...'

वह फिर मुस्कुराया—

'मेरे दोस्त के दोस्त, मेरे भी दोस्त हैं।'

लेकिन मेरी वजह से उसकी स्थिति अटपटी हो रही थी, क्योंकि वह नहीं जानता था कि मैं कौन था। उसे सहज करने के लिए मैंने बहुत मधुर स्वर में कहा—

'आपकी शामें अक्सर ऐसी ही ख़ूबसूरत होती हैं?'

'जी। अगस्त के महीने में। और हमेशा अपनी बीवी की ग़ैरहाज़िरी में।'

ज़्यादातर मेहमान बैठक से जा चुके थे। वे सारे के सारे भला कैसे छज्जे पर खड़े रह सकते हैं?

'मुझे इतना अकेलापन लगता है जब मेरी बीवी यहाँ नहीं होती...'

उसकी आँखों में गहरी उदासी का भाव उभर आया था। वह अभी भी मुस्कुरा रहा था। यही वक्त था उससे पूछने का कि कहीं उसकी बीवी का नाम जैकलीन तो नहीं, लेकिन मैं अभी तक साहस नहीं कर पा रहा था कि यह पूछने का जोख़िम उठाऊँ।

'और आप, आप पेरिस में रहते हैं?'

निस्संदेह उसने मुझसे यह सवाल महज़ तकल्लुफ़ में पूछा था। कुछ भी हो आखिर, मैं उसका मेहमान था और वह नहीं चाहता था कि मैं दीवान पर, बाकियों से अलग-थलग, अकेला रहूँ।

'जी, मगर मुझे मालूम नहीं कि मैं यहाँ पर कितने समय तक रहूँगा...'

अचानक उससे अपने मन की बातें कहने का जी चाहा। तीन महीने हो गये थे, करीब-करीब, जब से मैंने किसी से बात नहीं की थी।

'मेरा काम ऐसा है कि मैं कहीं भी रह कर कर सकता हूँ, बशर्ते मेरे पास एक कलम और कागज़ हो...'

'आप लेखक हैं?'

'अगर इसे लेखक कहा जा सके...'

वह चाहता था कि मैं उसको अपनी किताबों के नाम गिनाऊँ। शायद उसने उनमें से कोई एक पढ़ रखी हो।

'मुझे नहीं लगता,' मैंने उससे कहा।

'बड़ा रोमांचक होता होगा लिखना, नहीं?'

ज़रूर इस तरह के गंभीर मुद्दों पर रू-ब-रू गुफ़्तगू की आदत उसे नहीं होगी।

'मैंने आपको रोक रखा है,' मैंने उससे कहा। 'और मुझे लग रहा है कि मैं आपके मेहमानों को भगा रहा हूँ।'

दरअसल, बैठक और छज्जों पर अब लगभग कोई नहीं था।

वह हल्के से हँसा—

'बिलकुल नहीं... वे सभी ऊपर छत पर चले गये हैं...'

कुछ लोग बैठक में रह गये थे और एक सोफ़े पर बैठे हुए थे, कमरे के दूसरी तरफ़, एक वैसा ही सफ़ेद सोफ़ा था जिस पर मैं दारियूस के बगल में बैठा था।

'मुझे आपसे मिल कर ख़ुशी हुई,' उसने मुझसे कहा।

फिर उसने बाकी लोगों का रुख़ किया, जिनमें वह सुनहरे बालों वाली औरत भी थी जिससे वह कुछ देर पहले बात कर रहा था और ब्लेज़र पहने लिफ़्ट वाला आदमी भी।

'आपको यहाँ पर कुछ गाने-बजाने की कमी महसूस नहीं हो रही है?' उसने उन लोगों से, खूब ऊँची आवाज़ में कहा, जैसे कि उसका काम इतना भर ही था कि जश्न में रंग जमा रहे। 'मैं एक रिकॉर्ड लगाने जा रहा हूँ।'

वह बगलवाले कमरे में ओझल हो गया। कुछ देर बाद, एक गाने की आवाज़ उभरी। वह बाकी लोगों के साथ सोफ़े पर बैठ गया। वह मुझे भूल चुका था।

अब मेरे जाने का वक्त हो गया था, लेकिन मैं छत से आते कहकहों व शोरगुल और वहाँ सोफ़े पर बैठे, दारियूस और उसके मेहमानों की बातें सुनने से ख़ुद को रोक नहीं पा रहा था। वे क्या कह रहे थे मुझे अच्छी तरह सुनाई नहीं दे रहा था और मैंने ख़ुद को गीत में बह जाने दिया।

कोई दरवाज़े की घंटी बजा रहा था। दारियूस उठा और मुख्य दरवाज़े की तरफ़ बढ़ा। गुज़रते हुए, मेरी ओर देख कर मुस्कुराया। बाकी लोग आपस में बात करते रहे और चर्चा गर्म होने पर, ब्लेज़र वाले आदमी की भंगिमाओं से लग रहा था कि वह कोई बात मनवाने की कोशिश कर रहा था।

दालान में आवाज़ें थीं। ये आवाज़ें नज़दीक आती जा रही थीं। दारियूस की गंभीर स्वर वाली आवाज़ के साथ एक औरत की आवाज़ थी। मैं मुड़ा। दारियूस एक दम्पति के संग था और तीनों बैठक की दहलीज़ पर खड़े थे। आदमी ऊँचे कद का था, बाल भूरे थे, स्लेटी सूट पहने, चेहरे के नैन-नक्श खासे मोटे थे, नीली धँसी हुई आँखें। औरत ने एक पीले रंग का ग्रीष्म का परिधान पहना हुआ था, जिसमें से उसके कंधे झलक रहे थे।

'हम लोग बहुत देर से आये,' आदमी बोला। 'सब लोग चले गये...'

उसकी बोली में एक हल्का-सा लहज़ा था।

'नहीं, नहीं,' दारियूस बोला। 'वे लोग हमारा इंतज़ार ऊपर कर रहे हैं।'

उसने दोनों को बाँह से पकड़ा।

औरत, जिसका तीन चौथाई चेहरा मुझे दिख रहा था, मुड़ी। मेरा दिल ख़ुशी से झूम उठा। मैं जैकलीन को पहचान गया। वे मेरी तरफ़ बढ़ रहे थे। रोबोट की तरह, मैं उठ कर खड़ा हो गया।

दारियूस ने उनका परिचय मुझसे करवाया—

'जॉर्ज और तेरेज़ केज़ली।'

मैंने उनका अभिवादन सिर हिला कर किया। मैंने तेरेज़ केज़ली नामक स्त्री की आँखों में सीधे देखा लेकिन उसने आँखें झपकाई नहीं। ज़ाहिर तौर पर, वह मुझे पहचान नहीं रही थी। लगा जैसे दारियूस शर्मिन्दगी महसूस कर रहा था कि उनसे मेरा परिचय मेरा नाम बता कर नहीं करवा पा रहा था।

'ये मेरे ऊपर वाले पड़ोसी हैं,' उसने मुझसे कहा। 'मुझे ख़ुशी है कि ये लोग आये... किसी भी सूरत में, शोर की वजह से ये लोग सो नहीं पाते...'

केज़ली ने कंधे उचकाये—

'सोना?... मगर अभी तो बहुत जल्दी है,' उसने कहा। 'अभी तो बस दिन की शुरुआत हुई है।'

मैंने उससे यानी स्त्री से नज़रें मिलाने की कोशिश की। उसकी आँखों में ख़ालीपन था। वह मुझे नहीं देख रही थी या फिर वह जानबूझकर मेरी उपस्थिति को नकार रही थी। दारियूस उन दोनों को लेकर बैठक के दूसरे कोने में चला गया, सोफ़े तक जहाँ पर और लोग खड़े थे। ब्लेज़र वाला आदमी तेरेज़ केज़ली का अभिवादन करने के लिए उठ कर खड़ा हो गया। बातचीत फिर से शुरू हो गई। केज़ली बड़ा बातूनी था। वह थोड़ा पीछे रुकी रही, कुछ खिन्न या अनमनी-सी। मेरा मन किया कि चल कर उस तक जाऊँ, अलग ले जाकर धीमी आवाज़ में कहूँ—

'हेलो जैकलीन।'

लेकिन मैं पथराया-सा खड़ा रहा, जैसे कोई डूबता तिनके का सहारा खोज रहा हो, उस धागे की तलाश में जो पंद्रह साल पहले के उस कैफ़े *दॉन्त* या *के द ला तूरनेल* होटल और इस बैठक, जिसकी शीशे की खिड़कियों से *बूलौन्य* उपवन दिखता है, उनके बीच के सिरों को जोड़ सके। लेकिन कोई सिरा नहीं मिला। मैं मृगमरीचिका का शिकार हो गया था। हालाँकि, अगर कोई इस बारे में अच्छे से सोचता, तो ये सारी जगहें इसी शहर में हैं, एक-दूसरे से थोड़ी-थोड़ी दूरी पर। मैं बहुत ज़ोर देकर मन में सोच रहा था कि कैफ़े *दॉन्त* तक पहुँचने के लिए सबसे छोटा रास्ता कौन-सा होगा, बाहर वाली सड़क से *रीव गोश* पहुँचें और *पोर्त्त द औरलेयाँ* पर सीधे चलते रहें *सैंमिशेल* मार्ग की दिशा में... इस समय, अगस्त के महीने में, मुश्किल से पौन घंटा काफ़ी होता।

ब्लेज़र वाला आदमी उससे बात कर रहा था और वह उसे सुन रही थी, तटस्थ सी। वह सोफ़े के किनारे पर बैठी हुई थी और उसने एक सिगरेट जला ली थी। उसका आधा चेहरा दिख रहा था। उसने अपने बालों के साथ क्या कर लिया था? पंद्रह साल पहले उसके बाल कमर तक पहुँचते थे और अब उन्हें कंधे से भी ज़रा ऊपर तक कटवा लिया था। और वह लगातार सिगरेट पी रही थी लेकिन अब खाँसती नहीं थी।

~

'आप हमारे साथ ऊपर चलेंगे?' दारियूस ने मुझसे पूछा।

उसने बाकियों को सोफ़े पर तज दिया था और ख़ुद जॉर्ज और तेरेज़ केज़ली के संग था। तेरेज़, नाम क्यों बदल लिया था उसने आखिर?

वे मुझे एक छज्जे पर ले गये।

'बस उस सँकरे ज़ीने से चढ़ना पड़ेगा,' दारियूस ने कहा।

वह हमें छज्जे के कोने में सीमेंट की पक्की सीढ़ियाँ दिखा रहा था।

'और हमारी नाव किस दिशा में जाएगी, कैप्टन?' जॉर्ज केज़ली ने

दारियूस के कंधे को अंतरंगता से थपथपाते हुए पूछा।

हम लोग उनके पीछे थे, संग-संग, तेरेज़ केज़ली और मैं। वह मुझे देख कर मुस्कुरायी। लेकिन यह एक औपचारिक मुस्कान थी, जैसे एक अजनबी को देखने पर कोई मुस्कुराये।

'आप ऊपर गये हैं पहले?' उसने मुझसे पूछा।

'नहीं। कभी नहीं। यह पहली बार है।'

'वहाँ से बहुत ख़ूबसूरत दिखता होगा न।'

उसने इतने ठंडे और तटस्थ भाव से यह बात कही थी कि मुझे समझ में भी नहीं आ रहा था कि वह मुझसे ही यह सवाल पूछ रही थी।

बड़ी-सी छत थी। ज़्यादातर मेहमान कुर्सियों पर बैठे हुए थे। पास से निकलते हुए दारियूस उनमें से एक मंडली के आगे रुक गया। वे लोग गोल घेरा बना कर बैठे हुए थे। मैं, केज़ली और उसकी बीवी के पीछे-पीछे चल रहा था जो मेरी मौजूदगी भूल गये थे, ऐसा लगा। छत के छोर पर वे एक अन्य दम्पति से मिले और चारों खड़े-खड़े, बातें करने लगे, जैकलीन और केज़ली मुँडेर के सहारे खड़े थे। केज़ली और बाकी दोनों अंग्रेज़ी में बातें कर रहे थे। रह-रह कर, जैकलीन फ्रेंच में एकाध बात कह देती थी। मैं भी आकर मुँडेर पर कोहनी टिका कर खड़ा हो गया। वह बिलकुल मेरे पीछे थी। बाकी तीनों जनों ने अंग्रेज़ी में बातचीत जारी रखी। गायिका के स्वर में बातचीत का शोर दब गया था और मैं गाने के मुखड़े के साथ सीटी बजाने लगा। वह मुड़ी।

'माफ़ कीजिएगा,' मैंने उससे कहा।

'कोई बात नहीं।'

वह मुस्कुरायी, वही कुछ देर पहले वाली खोखली मुस्कान। और चूँकि वह ख़ामोश ही रही, मेरे लिए कुछ कहना ज़रूरी हो गया था।

'ख़ूबसूरत शाम है।'

केज़ली और बाकी दो के बीच में चर्चा गर्म हो गई थी। केज़ली थोड़ा नाक से बोलता था।

'बूलौन्य उपवन से जो ठंडी बयार आ रही है, वह ख़ास तौर पर सुहावनी लग रही है।'

'हाँ।'

उसने पैकेट से एक सिगरेट निकाली और मेरी तरफ़ पैकेट बढ़ाया—

'शुक्रिया। मैं सिगरेट नहीं पीता।'

'आप ठीक करते हैं।'

एक लाइटर से उसने अपनी सिगरेट जलाई।

'मैंने कई बार सिगरेट छोड़ने की कोशिश की,' उसने मुझसे कहा। 'लेकिन मैं छोड़ नहीं पाती।'

'और इससे आपको खाँसी नहीं आती।'

ऐसा लगा जैसे मेरे सवाल पर उसे आश्चर्य हुआ।

'मैंने सिगरेट पीना छोड़ दिया, क्योंकि मुझे उससे खाँसी आती थी,' मैंने उससे कहा।

उसने कोई प्रतिक्रिया नहीं दी। सच में लग रहा था कि वह मुझे पहचान नहीं रही थी। 'अफ़सोस कि यहाँ रिंग रोड का शोर सुनाई पड़ता है,' मैंने उससे कहा।

'ऐसा लगता है आपको? मुझे अपने घर में शोर सुनाई नहीं देता... हालाँकि मैं तीसरी मंज़िल पर रहती हूँ।'

'रिंग रोड की अपनी ख़ासियतें भी हैं,' मैंने उससे कहा। अभी-अभी, के द ला तूरनेल से आने में मुझे मुश्किल से दस मिनट लगे। परन्तु मेरी इस बात का उस पर कोई असर नहीं था। वह अभी भी मुझे देखकर मुस्कुरा रही थी, अपनी भाव शून्य मुस्कान।

'आप दारियूस के मित्र हैं?'

यही सवाल मुझसे लिफ़्टवाली स्त्री ने भी पूछा था।

'नहीं,' मैंने उससे कहा। 'मैं दारियूस की एक मित्र... जैकलीन... का मित्र हूँ।'

मैने उससे नज़रें चुरायीं। नीचे, पेड़ों के तले, एक स्ट्रीट लाइट पर आँखें गड़ा रखी थीं मैंने।

'मैं उसे नहीं जानती।'

'आप गर्मियों में पेरिस में रहती हैं?' मैंने उससे पूछा।

'हम लोग अगले हफ़्ते मार्योका चले जायेंगे।'

मुझको अपनी पहली मुलाकात याद आ गई, सर्दी की उस दोपहर में, *सैंमिशेल* चौक पर, और उसके हाथ में वह ख़त, जिसके लिफ़ाफ़े पर मैंने पढ़ा था — मार्योका।

'आपके पति जासूसी उपन्यास तो नहीं लिखते?'

वह खिलखिला के हँसी। यह मेरे लिए अजीब था, क्योंकि जैकलीन ऐसे कभी नहीं हँसती थी।

'आप क्यों चाहते हैं कि वे जासूसी उपन्यास लिखें?'

पंद्रह साल पहले, उसने मुझे एक अमरीकन का नाम बताया था जो जासूसी उपन्यास लिखता था। वह हमें मार्योका जाने में मदद कर सकता था — मैक जिवेर्न। बाद में, मुझे उसकी कुछ कृतियाँ मिली थीं और उसका नाम-पता तलाशने तक का सोचा था, उससे पूछने के लिए कि संयोग से क्या वह जैकलीन को जानता था और शायद उसे पता हो कि उसका क्या हुआ।

'मैं उसे कोई और समझ बैठा जो स्पेन में रहता है... विलियम मैक जिवेर्न...'

उसने सीधे मेरी आँखों में देखा, पहली बार।

'और आप?' उसने मुझसे पूछा। 'आप पेरिस में रहते हैं?'

'फ़िलहाल। मैं नहीं जानता कि मैं यहाँ रहूँगा कि नहीं...'

हमारे पीछे, केज़ली का नाक से बोलना जारी था और अब वह एक बड़े झुण्ड के बीच में था।

'मेरा काम ऐसा है कि मैं उसे कहीं भी रहते हुए कर सकता हूँ,' मैंने उससे कहा। 'मैं किताबें लिखता हूँ।'

फिर से, उसकी औपचारिक मुस्कान, उसकी दूर से आती आवाज़—

'सच में?... बहुत दिलचस्प पेशा है... मुझे बेहद अच्छा लगेगा आपकी किताबें पढ़ना...'

'मुझे डर है कि वे आपको ऊबा देंगी...'

'बिलकुल नहीं... किसी दिन जब आप दारियूस के यहाँ आयें तब मेरे लिए अपनी किताब लेकर आइयेगा...'

'ख़ुशी से।'

केज़ली ने अपनी नज़रें मुझ पर गड़ा दी थीं। निस्संदेह वह सोच रहा होगा कि मैं कौन था और मैं उसकी बीवी से क्यों बात कर रहा था। वह उसकी तरफ़ आया और उसके कंधों पर अपनी बाँह का घेरा डाल दिया। उसकी धँसी नीली आँखें मुझ पर से हट नहीं रही थीं।

'जनाब दारियूस के दोस्त हैं और यह किताबें लिखते हैं।'

मुझे अपना परिचय देना चाहिए था, लेकिन मुझे अपना नाम बोलने में हमेशा दिक्कत पेश आती है।

'मुझे मालूम नहीं था कि दारियूस के मित्र लेखक हैं।'

वह मेरी तरफ़ देखकर मुस्कुरा रहा था। उसकी उम्र हम लोगों से करीब दस वर्ष अधिक थी। जैकलीन की उससे भला कहाँ पर मुलाकात हुई होगी? लंदन में, शायद। हाँ, हमारे बिछड़ जाने के बाद वह निस्संदेह कुछ दिनों तक लंदन में रही होगी।

'यह सोच रहा था कि तुम भी लिखते हो,' वह बोली।

केज़ली ज़ोर से ठठा कर हँसा। फिर उसने कुछ देर पहले की मुद्रा धारण कर ली — तना सीना, ऊँचा सिर।

'सच में, आपने ऐसा सोचा? आपको मेरी शक्ल लेखक जैसी लगती है?'

मैंने ज़हमत नहीं उठाई थी इस बारे में सोचने की। यह केज़ली कोई भी धंधा करता हो मुझे उससे कोई फ़र्क नहीं पड़ता। मैंने ख़ुद से चाहे कितनी बार कहा हो कि यह उसका पति था, लेकिन इस छत पर इकट्ठे हुए इन सभी लोगों से वह अलग नहीं दिख रहा था। हम लोग खो गये थे, जैकलीन और मैं, फ़िल्म के सेट पर, अतिरिक्त कलाकारों के हुजूम में। वह ढोंग कर रही थी मानो उसे अपनी भूमिका मालूम थी, लेकिन मैं, मैं तो अपनी झूठी छवि बनाने की कोशिश भी नहीं कर पा रहा था। लोगों को तुरन्त पता चल जाता कि मैं घुसपैठिया हूँ। मैं ख़ामोश रहा और केज़ली मुझे घूरे जा रहा था। तकाज़ा था कि मैं किसी भी कीमत पर कोई बात छेड़ूँ।

'मैंने आपको वह अमरीकी लेखक रहा था जो स्पेन में रहता है... विलियम जिवेर्न...'

लिहाज़ा, मुझे थोड़ा-सा वक्त मिल गया था। मगर यह काफ़ी नहीं था। बेहद ज़रूरी था कि मैं और जुमले तलाश करूँ और उन्हें बेतक़ल्लुफ़ी और सादगी से कहूँ ताकि लोगों का ध्यान आकर्षित न हो। मेरा सिर घूम रहा था। मुझे चक्कर आ रहा था। मुझे डर था कि मैं बीमार पड़ जाऊँगा। मुझे पसीना आ रहा था। रात घुटन भरी लग रही थी बावजूद इसके कि वहाँ स्पॉट लाइट की चटक रोशनी, बातचीत का शोरगुल और ठहाके थे।

'आप स्पेन से परिचित हैं?' केज़ली ने मुझसे पूछा।

जैकलीन ने एक और सिगरेट जला ली थी और अभी तक मुझको अपनी सर्द निगाहों से घूर रही थी। मेरे बोल बड़ी मुश्किल से फूटे।

'नहीं। बिलकुल नहीं।'

'मार्योका में हमारा एक घर है जहाँ हम लोग साल में तीन महीने से ज़्यादा वक्त गुज़ारते हैं।'

और इस छत पर घंटों तक बातें चलती रहेंगी। छूछे शब्द, खोखले बयान, मानो वह और मैं अपने जीवन से परे जी रहे थे और गुज़रे वक्त का कोई हल्का-सा इशारा तक नहीं दे सकते थे। वह अपने किरदार में एकदम रमी हुई थी। और मैं उससे नाराज़ नहीं था। मैं भी, समय के साथ-साथ, अपने जीवन का सब कुछ भुला चुका था और हर बार जब जीवन के वे समूचे टुकड़े धूल में समा जाते थे, मुझे हल्केपन की एक सुखद अनुभूति होती थी।

'और साल की कौन-सी अवधि है जो आप मार्योका में बिताना पसन्द करते हैं?' मैंने केज़ली से पूछा।

अब, मैं बेहतर महसूस कर रहा था, हवा ज़्यादा ठंडी हो गई थी, हमारे इर्द-गिर्द मेहमान कम शोर कर रहे थे और गायिका की आवाज़ बेहद मीठी थी। केज़ली ने कंधे उचकाये।

'हर मौसम की अपनी ख़ूबसूरती है।'

मैं जैकलीन की तरफ़ मुड़ा—

'आपका भी ऐसा ही मानना है?'

'मैं हू-ब-हू वही सोचती हूँ, जैसा मेरे पति सोचते हैं।'

मेरा सिर घूमने लगा था और तब मैंने उससे कहा—

'अजीब है। अब आप सिगरेट पीते समय खाँसती नहीं हैं।'

केज़ली ने मेरी बात नहीं सुनी थी।

किसी ने उसकी पीठ पर थपकी दी थी और वह मुड़ गया था। जैकलीन ने भौंहें सिकोड़ीं।

'अब आपको खाँसी रोकने के लिए ईथर लेने की ज़रूरत नहीं पड़ती...'

मैंने यह बात ऐसे कही थी मानो मंशा सिर्फ़ बातचीत जारी रखने की थी। उसने मुझ पर हैरत भरी नज़र डाली।

लेकिन उसने अपना धैर्य नहीं खोया था। जहाँ तक केज़ली का सवाल था,

वह अपने पास खड़े आदमी से बातें करने में लगा था।

अब, उसकी नज़र कुछ भी बयां नहीं कर रही थी और वह मुझसे आँखें चुरा रही थी। मैंने ज़ोर से सिर को झटका दिया, ताकि लगे कि कोई झटके में नींद से जागा हो।

'माफ़ कीजिएगा... मैं उस किताब के बारे में सोच रहा था जो मैं इस वक्त लिख रहा हूँ...'

'क्या वह एक जासूसी उपन्यास है?' उसने शांत स्वर में मुझसे पूछा।

'वास्तव में नहीं।'

कुछ हासिल वसूल नहीं निकला। सतह अविचलित रही। निश्चल पानी। या कुछ हद तक बर्फ़ के मैदान की मोटी परत थी, जिसे पंद्रह सालों के बाद भेदना मुश्किल था।

~

'हम वापस चलें?' केज़ली बोला।

अपनी बाँह उसके कंधे पर रखी हुई थी। उसकी काया भारी-भरकम थी और वह उसके बगल में छोटी-सी लग रही थी।

'मैं भी वापस जाऊँगा,' मैंने कहा।

'दारियूस से रुख़सत लेनी होगी।'

हमने छत पर, मेहमानों के झुण्ड में निरर्थक उसे ढूँढा। फिर हम नीचे उतर कर बैठक में गये। बिलकुल कोने में, चार जन एक मेज़ के चारों तरफ़ बैठे हुए थे और चुपचाप ताश खेल रहे थे। दारियूस भी उन्हीं में शामिल था।

'निस्संदेह,' केज़ली बोला, 'जोकर सबसे ज़्यादा मज़बूत है...'

उसने दारियूस से हाथ मिलाया। वह खड़ा हो गया और उसका और

जैकलीन का हाथ चूमा। जब मेरी बारी आई तब मैंने भी दारियूस से हाथ मिलाया।

'फिर आइयेगा जब भी दिल चाहे,' उसने मुझसे कहा। 'इस घर के दरवाज़े आपके लिए खुले हैं।'

फ़्लैट के बाहर, मैं लिफ़्ट लेने की तैयारी कर रहा था।

'हम लोग आपसे यहीं पर रुख़सत लेंगे,' केज़ली ने कहा। 'हम नीचे वाले फ़्लैट में ही रहते हैं।'

'आज दोपहर में, मैं अपना पर्स गाड़ी में भूल गई थी,' वह उससे बोली। 'मैं तुरन्त वापस आती हूँ।'

'अच्छा, फिर मिलेंगे,' केज़ली ने, बेपरवाही से हाथ हिलाते हुए मुझसे कहा। 'और आपसे मिल कर बेहद ख़ुशी हुई।'

वह सीढ़ियों से नीचे उतर गया। मैंने धम से दरवाज़ा बन्द करने की आवाज़ सुनी। हम दोनों लिफ़्ट में थे। उसने मेरी तरफ़ चेहरा उठाया।

'मेरी गाड़ी थोड़ी दूरी पर है, पार्क के पास...'

'मैं जानता हूँ,' मैंने कहा।

वह आँखें फाड़े, मुझे देख रही थी।

'क्यों? आप मेरी जासूसी कर रहे थे?'

'मैंने आपको आज दोपहर में इत्तफ़ाक से गाड़ी से निकलते हुए देख लिया था।'

लिफ़्ट रुक गई, उसके दोनों दरवाज़े सरकते हुए खुल गये, मगर जैकलीन हिली नहीं। वह अभी भी मुझे ग़ौर से देखे जा रही थी, आँखों में थोड़ा आश्चर्य का भाव था।

'तुम ज़्यादा नहीं बदले,' वह मुझसे बोली।

दोनों दरवाज़े खटाक करके हमारे मुँह पर बन्द हो गये। उसने अपना सिर झुका लिया। मानो लिफ़्ट की छत पर लगी गोल बत्ती की तेज़ रोशनी से बच रही हो।

'और मैं, तुम्हें लगता है कि मैं बदल गई हूँ?'

अभी उसकी आवाज़, कुछ देर पहले जैसी छत पर थी, वैसी नहीं थी, बल्कि थोड़ी बैठी हुई, थोड़ी कर्कश, खसखसी-सी थी।

'नहीं... सिवाय बालों और नाम के...'

~

सड़क सुनसान थी। पेड़ों की सरसराहट सुनाई दे रही थी।

'तुम इस इलाके को जानते हो?' उसने मुझसे पूछा।

'हाँ।'

मुझे पक्का नहीं था कि मैं जानता था। अब जब वह मेरे संग चल रही थी, मुझे एहसास हुआ जैसे मैं इस सड़क पर पहली बार आ रहा था। लेकिन मैं सपने में नहीं था। गाड़ी अब भी वहीं थी, पेड़ों के तले। मैंने हाथ के इशारे से उसे गाड़ी दिखाई।

'मैंने यह गाड़ी किराये पर ली है... और मुझे मुश्किल से चलानी आती है...'

'मुझे आश्चर्य नहीं हो रहा...'

उसने मेरी बाँह पकड़ ली थी। वह रुक गई और मेरी तरफ़ देखकर मुस्कुरायी।

'तुम ब्रेक और एक्सीलेटर में गड़बड़ा जाते होगे, जितना कि मैं तुम्हें जानती हूँ...'

मैं भी, मुझको भी यही लगता था कि मैं उसे जानता था, भले ही पिछले पंद्रह सालों में, मैं उससे दोबारा न मिला होऊँ और चाहे उसकी ज़िन्दगी के बारे

में। मुझे कुछ न मालूम हो। वे सारे लोग जिनसे मेरी मुलाकात अभी तक हुई थी, उनमें से यही थी जो मेरी स्मृति में सबसे ज़्यादा जीवन्त थी। जब हम चल रहे थे, उसकी बाँह मेरी बाँह में, उससे मैं अंततः ख़ुद को यह यक़ीन दिलवा पाने में कामयाब हो गया कि हम एक रोज़ पहले ही एक-दूसरे से बिछड़े थे।

हम सार्वजनिक उद्यान पहुँच गये थे।

'मेरे ख़याल से बेहतर होता अगर तुम्हें घर तक पहुँचाने के लिए मैं गाड़ी चलाती...'

'मैं तो चाहता हूँ, लेकिन तुम्हारे शौहर तुम्हारा इंतज़ार करेंगे...'

मेरे मुँह से यह बात मुश्किल से निकली ही थी कि लगा मानो वह झूठ था।

'नहीं... वह अब तक ज़रूर सो गये होंगे।'

हम गाड़ी में अगल-बगल बैठे हुए थे।

'तुम कहाँ रहते हो?'

'ज़्यादा दूर नहीं। एक होटल में, *पास्सी* घाट के आस-पास।'

उसने *पोर्त्त माइयो* की दिशा में स्यूशे मार्ग लिया। यह रास्ता वहाँ जाने का था ही नहीं।

'अगर हम एक-दूसरे से हर पंद्रह साल पर मिलें,' वह मुझसे बोली, 'तब अगली बार, तुम मुझे पहचानोगे भी इस बात का ख़तरा है।'

'क्या उम्र होगी तब हमारी?'

'पचास साल।' और यह मुझे इतना अजीब महसूस हुआ कि मैं अपने आप को बुदबुदाने से रोक नहीं सका—

'पचास...' इस अंक को यथार्थता का रंग देने की कोशिश में।

वह गाड़ी चलाती रही, तन कर बैठी, सिर ऊँचा उठाये, और वह चौराहों पर गाड़ी धीमी कर देती थी। हमारे चारों ओर सब कुछ निःस्तब्ध था। सिवाय

उन वृक्षों के जिनमें सरसराहट हो रही थी

हम लोग *बूलौन्य* उपवन में प्रवेश कर रहे थे। उसने गाड़ी पेड़ों की छाँव में रोकी, टिकट खिड़की के पास, जहाँ से वह छोटी ट्रेन चलती है जो *पोर्त्त माइयो* और *जारदाँ द'आक्लीमातासियों* के बीच आवाजाही करती है। हम लोग अंधेरे में थे, पगडंडी के पास, सामने स्ट्रीट लाइट दूधिया रोशनी इस छोटे से स्टेशन को नहला रही थी, सुनसान प्लेटफ़ॉर्म, ठहरी हुई नन्ही बोगियाँ।

वह अपना चेहरा नज़दीक लाई और मेरे गाल को अपने हाथ से सहलाया, मानो आश्वस्त होना चाह रही थी कि मैं ही था वहाँ, जीता-जागता, उसके सान्निध्य में।

'बड़ा अजीब लगा, थोड़ी देर पहले,' वह मुझसे बोली, 'जब मैं अन्दर आई और बैठक में तुम्हें देखा...'

मैंने अपनी गर्दन पर, उसके होंठों का स्पर्श महसूस किया। मैंने उसके बालों पर प्यार से हाथ फेरा। पुराने दिनों जैसे लम्बे नहीं थे, लेकिन वास्तव में कुछ भी नहीं बदला था। वक्त थम गया था। या फिर, वह उन्हीं लम्हों में लौट गया था, जो घड़ी की सूइयाँ कैफ़े *दॉन्त* में इंगित कर रही थीं, उस शाम को जब हम लोग वहाँ पर मिले थे, कैफ़े बन्द होने के बिलकुल पहले।

अगले दिन दोपहर में, मैं अपनी गाड़ी लेने के लिए आया जो मैंने केज़ली वाली इमारत के आगे छोड़ दी थी। जिस वक्त मैं गाड़ी में पर बैठा, मैंने दारियूस को उस सड़क के फुटपाथ पर, तेज़ धूप में, जाते हुए देखा। उसने गहरे पीले रंग की शॉर्ट्स, लाल स्वेटर और काला चश्मा पहना हुआ था। मैंने हाथ से उसे इशारा किया। लगा जैसे मुझे वहाँ देखकर उसे ज़रा-सा भी अचरज नहीं हुआ।

'कितनी गर्मी है... कुछ ठंडा पीने के लिए आप ऊपर नहीं आना चाहेंगे?'

मैंने किसी से मिलने का बहाना बना कर उसका प्रस्ताव ठुकरा दिया।

'आज सब लोग मुझे धता दे रहे हैं... केज़ली दम्पति आज सवेरे मार्योका के लिए रवाना हो गया... उन्होंने ठीक किया... अगस्त के महीने में पेरिस में रहना मूर्खता है...'

कल उसने मुझसे कहा था कि वह अगले सप्ताह से पहले नहीं जाएगी। एक बार फिर वह मुझे दगा दे गई। मुझे इसका अंदेशा था।

उसने गाड़ी के दरवाज़े से झाँका—

'फिर किसी दिन शाम को आइयेगा... अगस्त के महीने में साथ की ज़रूरत होती है...'

उसकी मुस्कान के बावजूद, मुझे उसके चेहरे पर चिंता की लकीरें दिख रही थीं। उसकी आवाज़ में था कुछ।

'मैं आऊँगा,' मैंने उससे कहा।

'वादा?'

'वादा रहा।'

मैंने गाड़ी का इंजन चालू किया, लेकिन गाड़ी एकदम झटके से पीछे को गई और चीड़ के पेड़ों में से एक के तने में भिड़ गई। दारियूस ने सहानुभूति के भाव में बाँह फैलाई। मैंने *पोर्त्त द'ओतई* की दिशा पकड़ी। मैं सेन नदी के घाटों से होता हुआ होटल वापस जाने की सोच रहा था। पीछे, डिक्की ज़रूर क्षतिग्रस्त हो गई होगी और एक पहिया उससे रगड़ खा रहा था। मैं जितना हो सकता था, धीरे चला रहा था।

मुझे अजीब-सी एक सनसनी महसूस होनी शुरू हो गई, निस्संदेह सूने फुटपाथों, गर्मी की चौंध और अपने चारों ओर के सन्नाटे की वजह से। जैसे-जैसे मैं *म्यूरात* मार्ग पर उतरता जा रहा था, मेरी बेचैनी बढ़ती जा रही थी। आख़िरकार मुझे वह मुहल्ला मिल गया जहाँ मैं अक्सर जैकलीन के संग, सपनों में, टहलता था। हालाँकि हम लोग इन रास्तों से इकट्ठे कभी नहीं गुज़रे थे, या संभवतः यह किसी अन्य जीवन में हुआ होगा। पोर्त्त द ला सैं क्लू चौक पर निकलने से पहले, मेरा दिल ज़ोर से धड़का, पेंडुलम के किसी चुम्बकीय क्षेत्र के संपर्क में आने जैसा। मैं चौक के बीचोबीच लगे फव्वारों को पहचान गया। मुझे पूरा यक़ीन था कि मैं और जैकलीन दाहिनी तरफ़ वाला रास्ता लेते थे, गिरजाघर के पीछे वाला, मगर मुझे उस दिन दोपहर में वह रास्ता नहीं मिला।

यूँ ही कोहरे में, पंद्रह बरस और गुज़र गये, कुछ इस तरह से कि ये साल गड्ड-मड्ड हो गये हैं और मुझको तेरेज़ केज़ली की फिर कभी कोई ख़बर नहीं मिली। उसने जो टेलीफ़ोन नम्बर मुझे दिया था, उस पर कोई जवाब नहीं देता था, मानो केज़ली दम्पति मार्योका से कभी पलट कर वापस आये ही नहीं।

शायद पिछले साल उसकी मौत हो गई हो। क्या पता, अगले इतवार को वह मुझे मिल जाये, कौर्रविज़ार्र मार्ग के आस-पास। रात के ग्यारह बज रहे हैं, अगस्त का महीना है और ट्रेन बाहरी पेरिस के स्टेशनों को पार करती हुई धीमी हो गई। नियोन लाइट की बैंगनी रोशनी में नहाये सूने प्लेटफ़ॉर्म, वहीं जहाँ से हम मार्योका रवाना होने का ख़्वाब देखते थे।

ब्रूनौय। मोंजेरों। आती मों। जैकलीन यहीं कहीं पैदा हुई थी।

बोगियों की लयबद्ध आवाज़ ख़ामोश हो गई थी और ट्रेन, यार्ड में जाने से पहले, एक पल के लिए *वीलनव-सैं-जॉर्ज* पर रुकी। पेरिस मार्ग, जो रेलवे लाइन के साथ-साथ है, उस रास्ते पर बने मकानों के आगे वाले हिस्से, अंधकारमय और जीर्ण-शीर्ण हैं। गुज़रे दौर में वहाँ पर कॉफ़ी हाउस, सिनेमा घरों, गैराजों की कतारें थीं, जिनकी तख़्तियाँ अभी तक साफ़ दिख रही हैं। उनमें से एक तख़्ती शब-ए-चिराग की तरह झिलमिला रही है, बिना वजह।

❑❑❑